STELLA ET L'AMÉRIQUE

DU MÊME AUTEUR

—

ROMANS

Le Cul entre deux chaises. Delphine Montalant, 2002.
Nouvelle édition revue, BSN Press, 2014.

Banana Spleen. Delphine Montalant, 2006.
Nouvelle édition revue, BSN Press, 2018.

Remington. Fayard, 2008.

Lonely Betty. Finitude, 2010. (Grand Prix du roman noir français)
Nouvelle édition illustrée par Thomas Ott, Finitude, 2023.

220 Volts. Fayard, 2011.

Trash Circus. Parigramme, 2012.

Misty. Baleine, 2013.

Aller simple pour Nomad Island. Seuil, 2014.

Derrière les panneaux, il y a des hommes. Finitude, 2015. (Grand Prix de littérature policière)

Permis C. BSN Press, 2016. (Prix du roman des Romands)

Chaleur. Finitude, 2017. (Prix du polar romand)

La Soustraction des possibles. Finitude, 2020. (Prix Relay, Prix du public RTS)

Les Corps solides. Finitude, 2022.

NOUVELLES

Dans le ciel des bars. Delphine Montalant, 2003.

Taxidermie. Finitude, 2005.

Les Poings. BSN Press, 2017.
Nouvelle édition revue et augmentée, Zoé, 2024.

JOSEPH INCARDONA

STELLA
et l'Amérique

FINITUDE

ISBN 978-2-36339-201-5

« Il faut qu'ils vivent avant de pouvoir se permettre de mourir. »

John Steinbeck,
Les Raisins de la colère

Il faut savoir que Stella n'était pas exactement belle, ni très futée non plus. Mais elle était sincère. Et loyale. Et dans une vie, quand on y pense, ça peut suffire pour devenir une sainte.

Pas très futée ni exactement belle, mais désirable, ça oui. C'était dans son attitude, sa posture, sa façon de bouger les hanches et de vous regarder. Quand Stella vous regardait, vous étiez le seul homme sur terre, vous comptiez pour quelque chose. Peu importe qui vous étiez et de quelle façon : Stella jetait sur vous ses yeux d'ambre, ses yeux candides, et vous étiez vivant.

Elle vous regardait.

Vous.

Votre cœur, votre sang.

Vivant.

Alors, bien sûr, Stella ne pouvait que devenir ce qu'elle portait en elle : la quantification du désir.

Et dans une vie, quand on y pense, ça peut suffire pour devenir une putain.

I

Annonciation

1

Ce soir-là, un soir de juin avec des chauves-souris frôlant ses cheveux noués à la hâte, elle avait attendu que le tumulte s'apaise dans sa tête – quelque chose ayant à voir avec de l'eau froide et bleue se fracassant sur un rocher –, pour verrouiller son camping-car et rejoindre la caravane de Santa Muerte. Ce n'était pas grand-chose, une centaine de mètres à franchir d'un pas rapide, les pieds nus frôlant l'herbe rare et rebondissant sur la terre sèche, le temps d'écraser une dizaine de moustiques sur ses bras nus et ses cuisses dures comme l'amour.

Stella Thibodeaux avait 19 ans, l'âge des martyrs. Elle-même n'était pas sûre de la date de naissance inscrite sur ses papiers d'identité. Ce qu'elle savait, en revanche, c'est qu'elle devait causer d'urgence avec celle qui lui avait tout appris sur les hommes.

C'était aussi Santa Muerte qui lui avait suggéré de se déplacer en suivant les forains. La vieille Mexicaine, dont la moitié du visage était maculée par un mélanome, officiait comme voyante dans sa caravane. Et comme pour bien des choses dans la vie des mâles venant à elle, elle avait vu juste : le stand de tir-pipe attirait d'autres sortes de clients dans le périmètre du parc d'attractions que d'innocents brouteurs de barbe à papa.

Stella frappa trois coups rapides à la porte en résine de polyester. Une voix étouffée lui dit d'entrer. Quand la Mexicaine vit la jeune fille s'avancer dans la pénombre, elle toussa et alluma une des quarante cigarettes qu'elle fumait chaque jour. Elle avait mis déjà tant de clous à son cercueil qu'il pesait bien plus que son corps décharné. Mais la mort ne voulait pas encore de ses 89 ans et de ses 48 kilos.

« Faut croire que j'ai pas encore assez dit de boniments ici bas. C'est que, ma foi, les gens ont besoin d'espoir, et puis quand l'espoir les abandonne, il leur faut du mensonge, c'est une autre façon de tenir le coup. Bon, qu'est-ce qui t'amène, *amorcita* ? »

Santa Muerte se pencha et cracha dans la bassine en plastique à ses pieds. Elle s'essuya la bouche avec un mouchoir de tissu sale et but au goulot une lampée de mezcal. Lequel, avec les cigarettes sans filtre, est une belle tentative d'écourter le temps long. Le ver dans la bouteille chatouilla ses lèvres avant de s'en retourner au fond. Santa passa sa petite langue noire sur sa bouche.

« Assieds-toi et parle, ma jolie. Mes clients attendent.

— J'ai vu personne dehors.

— Je parle aussi avec des fantômes, la plus grande part du boulot est invisible. »

Stella s'assit sur la chaise en osier incommode, la galette en mousse aplatie par des milliers de fesses anxieuses. Avec une sorte de révérence, elle posa ses mains transparentes parcourues de veines bleues sur la boule de cristal.

« Comment tu fais pour voir quelque chose là-dedans, Santa ?

— Imagination et empathie. Ajoutes-y aussi l'expérience. Alors ?

— Bon. Voilà. C'est... C'est de nouveau arrivé, Santa.

— Tu veux dire ces *résorptions* ?

— Pourquoi tu les appelles comme ça ?

— Parce que l'autre mot qui convient ne me plaît pas. Parle, nom de Dieu.

— Un des clients d'hier. Il avait une de ces maladies sur le visage et les mains, du *synopsis*... ? *catharsis*... ?

— Psoriasis... Bon sang, Stella, tu les prends donc tous ?

— C'est toi qui m'as appris à n'en négliger aucun.

— *Bueno*, et après ?

— On a fait ce pour quoi il est venu, il s'en va, et ce soir, il revient et il n'a plus rien. Je vois son visage, sa peau est pure et lisse comme celle d'un enfant...

— Et ?

— Et il tombe à genoux, il pleure et dit que je l'ai guéri. C'est moi qui l'ai guéri, Santa, je n'y comprends rien. »

Déjà que la vieille ne se privait pas pour boire son mezcal, mais là elle en profita pour toucher le fond et avaler le petit ver qu'elle aspira dans sa bouche édentée. Le cul de la bouteille claqua sur la table ronde décorée d'un napperon autrefois blanc. Stella sentit la boule de cristal vibrer sous ses mains.

« C'est le combientième, Stella ?
— Le troisième. Depuis le début du mois.
— Tu es de quel signe, déjà ?
— Signe de quoi ?
— Du zodiaque.
— Mes papiers disent le 14 septembre.
— C'est la vierge, ça...
— Je ne comprends pas, Santa.
— Tu sais quoi, *querida* ?
— Non ?
— Il y a pas mal de chances que tu sois dans la merde, mon trésor. »

2

Robert Smith était marié et père de trois enfants. Son psoriasis sévère était devenu un problème : dans sa vie de couple, dans son travail ; dans sa vie tout court. Sa femme Helga ne consentait plus qu'à des rapports dans le noir et en levrette. Employé à l'accueil d'un guichet postal, on l'avait finalement relégué au tri pour ne pas effrayer les clients.

Et maintenant que la nuit tombait, il n'osait pas rentrer à la maison avec son nouveau visage, roulant sans but à travers la ville, l'air conditionné réglé au maximum et son matériel de pêche auquel il n'avait pas touché de la journée dans le coffre. Robert allait devoir expliquer à sa femme comment le miracle était advenu, la conséquence serait un divorce et une pension alimentaire qui le mèneraient à dormir dans sa voiture.

Ce dimanche matin, alors qu'il roulait en direction de Penholoway Bay pour une partie de pêche en solitaire, Robert avait vu la jeune femme assise devant son camping-car au bord de la route, ses cheveux blonds, sa peau claire. Il avait continué tout droit, il ne fréquentait pas les prostituées. Mais quand il l'avait vue dans son rétroviseur se lever de sa chaise en plastique rouge tressé et faire quelques pas en s'étirant, il avait ressenti cet appel de pureté, celui d'un corps intact afin de soulager sa laideur.

À présent, il avait ce poids sur la conscience. À quoi bon être guéri dans son corps si c'était pour se sentir coupable dans son âme ? Et puis, il avait été baptisé, alors autant en profiter : le moment était venu de partager sa délivrance et sa peau lavée de tout péché.

Robert Smith gara son pick-up Chevrolet sur le parking, fut comme happé par la touffeur de l'air avant d'entrer dans l'église en préfabriqué jouxtant le Taco Bell. Là où la modernité faisait bien les choses, la cloche de l'église ayant été remplacée par celle au néon affichée par la chaîne franchisée. Il ôta sa casquette, se signa et lut le nom du prêtre affiché près du bénitier.

Il s'assit sur un banc en fixant le Christ souffrant sur sa croix, attendit que le confessionnal se libère. C'était surprenant de pouvoir le faire si tard. Peut-être l'Église s'adaptait-elle à son époque, celle de la Connexion Perpétuelle ? De toute façon, cette journée était pour lui une épiphanie.

Robert Smith cessa de vouloir comprendre.

Une petite vieille sortit du confessionnal. Robert se demanda ce qu'elle pouvait encore se reprocher à son âge, cesse de te poser des questions à la con, Bob.

Il est temps d'affirmer.

Robert Smith se leva et alla prendre place dans la cabine. Il tira le rideau de velours pourpre derrière lui, distinguant à peine le visage du Père Brown masqué par le grillage. Le prêtre dit : « Je vous écoute, mon fils ». Sa voix était profonde et grave comme la justice.

Le père Brown était sur le point d'accueillir la parole de Robert Smith.

Désormais, le monde ne serait plus tout à fait le même.

3

Grand, massif, cheveux gris taillés en brosse et une gueule estampillée « j'ai vécu », le père Brown était le genre de caricature ayant connu une autre vie avant de se réfugier dans l'ascèse. Dire qu'il avait vu pas mal des saloperies dont est capable l'âme humaine serait un euphémisme. D'abord en tant qu'ancien *Navy Seal* (Delta du Mékong, sud-Vietnam) et puis comme missionnaire en Sierra Leone et au Rwanda dans les fantastiques années 1990. Non, les mochetés ne manquaient pas de se rappeler à son bon souvenir. *Homo homini lupus est*, comme le prétendait Thomas Hobbes. Il fallait bien que quelqu'un mette le doigt dans le trou de la digue pour enrayer l'effondrement annoncé de l'humanité. Il était alors monté au combat par la parole, la Bible remplaçant le fusil d'assaut M-16. La parole dite, la parole transmise et, parfois, entendue. Le Père Brown avait constaté que le confessionnal était un moyen efficace pour contrer la perfidie du Mal guettant chaque individu. Sun Tzu, dans son *Art de la Guerre*, conseillait de connaître son ennemi, et plus rien de ce que le Père Brown pouvait entendre ne le surprenait. Bien au contraire, il fallait aller au plus profond de l'aveu, du regret et du remords, pour sonder la Grande Peur de la Mort et la Quête de Sens qui, parfois, nous font perdre les pédales. C'est pour cela qu'il officiait à la nuit tombée. Avec les années, il avait constaté que le soir était un temps aiguillant mieux la parole. L'obscurité et une fatigue accrue permettaient cet élan supplémentaire propre aux confessions les plus abouties, une sorte de voie d'accès privilégiée au *mea culpa*.

Et maintenant, le Père Brown était assis au comptoir de ce *diner*, les épaules voûtées, le regard perdu dans son verre de bourbon adouci par les glaçons. Il avait allumé sa première cigarette de la journée, la cigarette tardive d'un ancien gros fumeur qui ne veut pas tout à fait renoncer. Et si, pour aller plus vite et plus efficacement dans la description du personnage, on voulait emprunter à l'imagerie du cinéma, on penserait à Robert Mitchum dans *La Nuit du chasseur*. Les phalanges tatouées des lettres L.O.V.E. et H.A.T.E. en moins, le dilemme shakespearien qui le tourmentait en plus.

Dire ou ne pas dire.

Là, maintenant, assis sur le tabouret d'un bar rutilant de chromes et d'aluminium.

Un verre de whisky humide entre les doigts.

Dire ou ne pas dire, nom de Dieu.

(*Pardon, Dieu.*)

Le tabouret à sa droite s'anime : une femme, cinquante ans, pattes d'oie au bord des yeux et des rides témoignant d'une vie vécue qui se refuse à l'amertume.

« Je suis comme la marée, dit-elle. Je reviens chaque soir. Avec plus ou moins de force et d'amplitude.

— La constance est une qualité que j'apprécie, Margot.
— Toujours pas décidé ?
— J'ai 66 ans, Margot. C'est presque le chiffre du diable... Ces dernières années, j'essaie de tourner le dos au péché, tu sais ça.
— Et moi, je préfère regarder le monde par une vitre sale.
— Le problème, ce n'est pas toi, tu sais ça aussi.
— Si tu me laissais une chance, je quitterais tout. Rien que pour pouvoir essayer.
— C'est quoi "tout" ?
— Le peu qu'il me reste.
— Alors, c'est plus que ça, Margot.
— Ne l'oublie pas, d'accord ? Quand ce sera le moment, je serai prête à t'aimer. Ne l'oublie pas.
— Promis, maintenant, il faut me laisser. J'ai besoin de réfléchir. Je suis tourmenté par un dilemme shakespearien. »

Margot n'alla pas très loin, elle se déplaça à l'autre bout du comptoir, là où un autre homme seul accepta volontiers sa compagnie. Elle se fit offrir une vodka-lime, et la nuit pourrait continuer.

Le Père Brown passa le doigt dans son col romain, en retira un index humide de sueur. Le ventilateur tournait au-dessus de sa tête, mais l'air était une tranche de bœuf marinée dans un jus de saindoux. Il frappa discrètement des phalanges sur le zinc. Le barman, coiffé de son calot de papier releva la tête, lui demanda d'un signe du menton ce qu'il voulait.

« Une réponse, Frankie. Je cherche une réponse... »

Frankie Malone, ancien boxeur. *Golden Gloves* perdus au 7e round contre Rudi Moreno à 27 ans, catégorie mi-lourds. Depuis, des cicatrices et une dette à vie sur son établissement.

« Chienne de vie, la faute à Jésus ! fit Frankie en essuyant les verres à peine sortis du lave-vaisselle.

— Ne blasphème pas, répond le Père Brown.

— Quelle que soit la réponse, toi, l'Homme de Dieu. Chienne de vie, la faute à Jésus. »

4

Un éclat de soleil comme un copeau de parmesan réveilla Stella Thibodeaux. Une conjonction d'éléments empruntant à la fois au détail et à l'ordre cosmique : la position de son visage sur l'oreiller en parfaite synchronisation avec la localisation du soleil filtrant à travers les persiennes tordues de son camping-car.

Une minute dans une vie. Ouvrir les yeux. Regarder autour de soi. La succession d'occurrences rien que pour être là, et respirer.

Stella s'étira ; et bien qu'elle fût seule dans sa caravane, son T-shirt ample aux manches découpées, laissait entrevoir une poitrine délicate et ferme évoquant les poires Beurré Hardy : épiderme doré, chair juteuse, sucrée et parfumée ; fruit assez fragile.

Elle frotta une allumette, alluma son réchaud pour faire bouillir de l'eau et boire son Nescafé. Le refroidisseur d'air portatif ronronnait près du lit. Stella s'assit sur la lunette miniature des waters, son jet d'urine résonna sur le fer-blanc de la cuvette, ce qui la fit rire. Un éclat sonore allant rejoindre celui du soleil qui brillait à 149, 6 millions de kilomètres de là.

Car la vie, n'est-ce pas ?

Et la beauté du monde d'une fille urinant dans le matin bleu.

C'est pour cela qu'il faut prendre tout ce qu'on peut. Avec humilité et reconnaissance.

Avec patience.

Et lorsque Stella ouvrit la porte de son camping-car, ils étaient déjà là à l'attendre. Ils soulevèrent leur peine, leurs visages lourds d'espérance maintenant qu'elle était apparue. Des hommes. Meurtris, diminués, laids. Qui voulaient vivre sans le poids honteux de la dégradation qui leur refusait la condition élémentaire d'un corps en bonne santé. Une douzaine d'hommes, phtisiques, paraplégiques, aveugles, diversement malades ou handicapés. Certains sortirent des billets crasseux de leur poche, les tendirent vers elle, roulés dans leurs doigts sales. Et Stella les contemplait du haut des trois marches de son van, sa chevelure blonde en contre-jour, ses yeux clairs qu'on ne pouvait distinguer, mais qui les regardait, tous. Ce n'était même plus une question de sexe ou d'argent, les deux mamelles du monde. Elle se dit que c'était bien plus précieux et impénétrable, si vaste que cela la dépassait. Et pourtant, c'était par elle que cela advenait. Stella résista à l'envie de refermer la porte, de les laisser croupir dans l'enfer qui était leur corps. Il lui fallut plus que du courage, il lui fallut de la bravoure.

Que pouvait-elle faire d'autre, sinon les prendre, chacun dans leur douleur, et les aimer ?

Stella en indiqua un au bout de la file, un homme courbé, et la petite foule s'ouvrit sur son passage.

II

Les Fous de Dieu

5

La salle était sombre, les fenêtres lointaines. Une salle immense pour de petits hommes. Intérieurs vastes censés leur rappeler qu'ils sont peu de chose. Même si ceux-ci, présentement, sont ambitieux et du côté du pouvoir. L'effet devient alors contraire : les très hauts plafonds, les stucs, les dorures, les tapis séculaires, le mobilier marqueté ou les fresques peintes par Raffaello, ne font que souligner leur position dominante.

Dieu est avec eux.

Mais ils savent que c'est un allié à manier avec précaution.

Une lame affûtée. Et, comme toute lame, à double tranchant.

Les hommes sont quatre. Traditionnellement, les chiffres impairs correspondent mieux à la tragédie, mais là, ils sont quatre et on fait avec. Par ordre d'importance : celui vêtu de blanc, dans sa soutane de coton bio convenant à l'été caniculaire romain, est le Pape Rodolphe Krüger, alias Simon II. À sa droite, son secrétaire et homme de confiance, Otto Mühl. Complètent la table ovale : le cardinal Gordini, doyen du Sacré Collège et le cardinal Carter, représentant ses treize homologues américains. Pour l'anecdote, la langue commune n'est pas l'anglais, mais le latin. Ça a de la gueule.

On a pris thé et café, *ciambelle* et croissants *ripieni alla crema*, les miettes parsèment les robes, elles se remarquent moins sur le blanc papal que sur le pourpre cardinal. On a essuyé la commissure des lèvres, roté discrètement une main devant la bouche. Otto Mühl, complet veston noir et col romain, lui, est impeccable, n'ayant bu qu'un café sans sucre, sans lait, sans rien. Récente gastroscopie négative, même pas un petit polype, rien, je vous dis. On veut entendre ce qu'il a à nous dire, on attend. Jeremy Carter a fait six mille kilomètres en avion pour témoigner de ce qui se trame sur le sol de son pays. Ses doigts s'agitent sur la table en chêne verni. Aucune communication préalable par téléphone, mail ou visioconférence. La gravité d'un tel sujet nécessite la présence physique et privilégie l'oralité. Et rien de ce qui sera dit ici ne sortira de ces murs à moins qu'on en décide autrement.

« Vous paraissez impatient, Carter, dit Gordini.

— C'est de la bombe ! lâche Carter. Je laisse le soin au secrétaire de Sa Sainteté de vous faire la synthèse des faits.

— Alors, qu'est-ce qu'on attend ? *Disputatio*, Otto ! » ordonne le Pape.

Otto se racle la gorge par réflexe, il a une petite tête de fouine convenant aux raclements de gorge à répétition, il se lance :

« L'information nous a été transmise par le Père Brown attaché à la paroisse de Jesup, État de Géorgie, USA. D'après une confession datant de moins de soixante-douze heures, un homme aurait été guéri de son psoriasis par une dénommée Stella Thibodeaux...

— Ce père Brown est-il fiable ? l'interrompt le cardinal Gordini.

— Absolument, répond le secrétaire. Ancien militaire, un prêtre de terrain dont le sens du devoir ne fait aucun doute.

— Rien de mieux qu'un pécheur converti, en effet.

— *Persevera* Otto, fait le Pape.

— Heu, hem, oui, je... Voilà : toujours d'après le Père Brown, cette fille aurait également permis à un sujet de recouvrer l'usage de son bras paralysé et...

— Oui ?! demande le Pape.

— Et un... un autre aurait été guéri de sa leucémie lente...

— *Miraculum* ! s'exclame Simon II.

— *Sine ullo dubio*, complète Gordini.

— *Gratias ago Deo*. Merci mon Dieu, nous en avions besoin... Depuis le temps que nous attendions une manifestation du Tout-Puissant ! ajoute Simon II. C'est une excellente nouvelle, n'est-ce pas Carter ? Et dans votre magnifique pays, en plus !

— Ce que je vous disais, répète Carter : de la bombe.

— Si nous pouvons certifier les trois miracles, nous aurions là une sainte, et vivante ! Canonisation, et *subito santa* ! insiste Gordini.

— Nous manquons de saintes américaines, ajoute Simon II. C'est parfait, magnifique ! Quelle journée qui s'annonce ! Otto, donnez-moi encore un de ces formidables croissants...

— Votre Sainteté devrait faire attention à son cholestérol, lui rappelle son secrétaire.

— Au diable, mettez-m'en deux Otto !

— Et quel âge a cette femme ? s'enquiert Gordini après s'être signé.

— Dix-neuf ans, répond Otto en passant au pape Krüger les *ciambelle* sur une coupelle. Ce... nonobstant, je... (raclement de gorge), je dois refréner quelque peu votre enthousiasme, car...

— Quoi donc ? questionne Carter.

— Cette fille... J'ai personnellement mené quelques recherches supplémentaires à son sujet...

— Ah, fait Carter.

— Oui ? renchérit Gordini.

— Elle est... Comment dire ? Une... une meretrix *mulier*...

— Je ne vois pas où est le problème, Otto, fait Gordini. Marie Madeleine est notre plus célèbre catin. Nous vivons à l'ère de l'inclusion, parbleu, c'est d'ailleurs notre credo depuis plus de deux mille ans : l'inclusivisme ! *Restauratio unitatis*...

— C'est que... Je... Comment vous dire encore ? Les... les miracles de cette fille s'accomplissent par... heu... son organe sexu... son appareil génital...

— Vous voulez dire par sa chatte ? demande explicitement Carter.

— Voyons ! fait Simon II.

— Exactement, oui. Elle lénifie les souffrances par son, heu...sa *vagina*, se lance Otto.

— Vous voulez dire qu'il faut coucher avec elle pour être guéri ? fait Gordini.

— Oui.

— Impérativement ?

— *Prorsum*, c'est ça, termine le secrétaire. »

Et là, dans cette grande salle où les hommes petits sont des hommes de pouvoir, l'insouciant été romain maintes fois célébré par Catulle est soudain recouvert par un silence de givre.

« Effectivement, nous avons là un sérieux problème, déclare Simon II en écartant les miettes de son giron d'une main nerveuse et boudinée.

— Quel est le profil de cette catin ? » demande Carter.

Le secrétaire ose à peine lever les yeux de sa feuille : « Née sous X, dix-neuf ans, blonde. A fréquenté uniquement l'école primaire, donc sans instruction. Vit et travaille dans un camping-car, une vraie " marcheuse ", dans le sens où elle est itinérante.

— Ce qui signifie pas de famille, et sans doute peu d'amis. Un ancrage fluide, c'est bon, ça.

— C'est-à-dire ? demande Gordini.

— Une sainte devenue martyre, voilà ce qu'il nous faut, insiste Carter. Le martyre permettrait d'effacer et de transcender le passé de cette jeune fille, quels que soient son métier et sa condition.

— Cardinal, voyons, vous suggéreriez de... ?

— Ne dites rien, Otto ! l'interrompt Simon II.

— Après, tout, cela concerne votre territoire, conclut Gordini.

— Chacun doit faire le ménage chez soi, je sais, répond Carter.

— Je n'ai rien entendu, cardinal Carter. Néanmoins, vous avez carte blanche. Une sainte devenue martyre, en voilà une excellente idée. Nous façonnerons un passé à cette fille. Carter, veillez à ce que ce soit spectaculaire, atroce, et viral. Je veux voir la moitié de la planète suivre la fin de Stella Thibodeaux sur son Smartphone.

— Vous pouvez compter sur moi, Votre Sainteté. Nous sommes les meilleurs dans le domaine.

— Sans aucun doute. *Ad prodictam diem*. Allez en paix, mes amis, clôt Simon II. Et apportez-moi de l'eau de Seltz, Otto, j'ai des aigreurs d'estomac. Voilà ce que c'est que d'être trop sensible. »

6

De l'autre côté de l'océan, dans la nuit chaude et inquiète de Géorgie – parce qu'il y a un temps et un espace pour le trouble et le tourment –, Stella notait dans son carnet les particularités de ses derniers clients. Elle écrivait des phrases simples et courtes d'écolière, cherchant l'orthographe d'un mot dans son vieux dictionnaire quand elle n'en était pas sûre. Elle ignorait la motivation profonde de cet exercice, mais c'était venu assez vite, dès ses débuts, en fait. Une sorte de témoignage pour elle-même et pour ces corps qui se superposaient les uns aux autres, destinés à l'oubli. Amas de chairs s'en retournant dans l'anonymat de la multitude. Parfois, il restait le souvenir d'une violence ou d'une abjection ou d'un geste de tendresse. D'amour aussi. Mais à chaque fois, ce qui restait vraiment, ce qui restait toujours, étaient la tristesse, l'échec et la solitude. Car deux corps qui se rencontrent, ce n'était jamais rien, jamais anodin. Quoi qu'on en pense et qu'on en dise.

Alors, Stella notait quelques lignes sur chacun d'eux. Quand elle en avait terminé, elle se sentait plus calme, presque rassurée. Et puis, pas question de déranger Santa tous les soirs avec ses états d'âme.

Elle prit une bière fraîche dans la glacière et la but, assise devant son camping-car, fumant une cigarette et levant la tête vers les étoiles à s'en faire mal à la nuque. Seule et mélancolique. L'humidité tiède faisait frissonner sa peau. Par à-coups, la brise apportait dans son sillage des relents de sauge et d'eucalyptus. Stella fixait le ciel sans réussir à se projeter vers l'avenir ni même un futur qui serait plus éloigné que le lendemain.

Ce soir, elle avait gardé la description de l'homme courbé pour la fin. Même s'il avait été le premier de la journée. Pour lui, elle avait noté : *résorption*.

Elle avait d'abord écrit le mot avec un « b » et sans accent aigu.

Avant de vérifier l'orthographe dans le dictionnaire.

7

Un chauffeur se dépêcha de lui ouvrir la portière et de ranger sa petite valise à roulettes dans le coffre, avant de prendre le volant derrière la séparation en plexiglas. Le temps, pour Son Éminence Jeremy Carter, de passer du confort d'un vol American Airlines en *Business class* à celui d'une longue limousine aux vitres teintées.

La Cadillac démarra sur des coussins d'air, imposa sa masse sombre dans le flot du trafic, sûre de son importance. Assise sur la banquette arrière, jambes interminables gainées de bas à couture, tailleur bleu marine cintré, poitrine opulente, yeux verts et cheveux noirs, Brenda Moore, bouche aux lèvres charnues, longs cils – n'en jetez plus, elle est une forme possible du cliché de la pin-up –, ouvrit le minibar de la limousine et servit un whisky sec au cardinal, qui remercia d'un hochement de tête. Qu'on puisse anticiper vos désirs est un privilège. Jimmy ôta sa calotte, révélant ainsi sa calvitie. Brenda Moore fixa une mentholée à son fume-cigarette, l'alluma et souffla un nuage translucide à travers l'habitacle. Nombreux sont les hommes qui pourraient souhaiter être à la place de Son Éminence, à cet instant.

« Vous avez fait bon voyage ? lui demanda Brenda un peu ennuyée, question rhétorique s'il en est.

— Excellent. Ils ont fait de gros progrès avec le menu depuis que nous leur avons remonté les bretelles.

— Je vois ça. Vous avez grossi, Carter.

— Quand j'étais évêque, j'avais encore le temps de faire du sport. Mais depuis ma nomination... Vous avez raison, je dois me ressaisir. Le problème, avec mon accoutrement, c'est qu'on ne remarque pas les kilos superflus qui s'accumulent. Tout cet espace vestimentaire est propice à l'expansion... À part cela, ma chère, que me dites-vous ? »

Brenda tira sur sa cigarette, Jimmy but une gorgée.

« Carter, êtes-vous sûr de ce que vous avancez à propos de cette jeune femme ?

— Vous mettez en doute nos informations ? Nous avons le meilleur dispositif de renseignement au monde, ma chère : le confessionnal. C'est comme le système respiratoire, vous voyez ? Il y a les alvéoles pulmonaires, puis les bronchioles qui arrivent aux bronches, elles-mêmes reliées à la...

— C'est bon, Carter, je suis allée à l'école. Je disais ça comme ça. C'est toujours regrettable de devoir se débarrasser d'une jolie fille, c'est une forme de gâchis.

— La beauté est infinie, Brenda. Et elle est partout et se renouvelle sous des formes qu'on n'imagine même pas. D'autres femmes belles viendront. Vous en êtes la preuve vivante.

— Je vous remercie, Carter. Mais je ne coucherai jamais avec vous, sachez-le.

— La robe ne vous tente pas ? Savoir ce qu'il y a dessous ?

— Quand vous parlez d'expansion, incluez-vous également cette partie de votre anatomie ?

— Naturellement.

— Je ne vous cache pas une certaine curiosité, mais vous oubliez que je suis une femme de pouvoir, les hommes ne m'attirent pas sexuellement de ce point de vue. Ni d'aucun autre, d'ailleurs. Alors ?

— Alors, pour en revenir à un point de vue strictement professionnel, quand pensez-vous traiter mon affaire ?

— Je vais mettre les frères Bronski sur le coup, mais...

— Les frères Bronski ? Carrément !

— ... mais ils sont sur une mission en ce moment.

— Vous n'y allez pas de main morte !

— Si vous souhaitez une bonne martyre, ce sont les meilleurs. Disons dans trois ou quatre jours ? Une semaine tout au plus ?

— Je ne vous cache pas que ce délai m'incommode.

— Où voulez-vous qu'elle aille ? Le monde est petit. Et il est cruel, aussi.

— Faites comme vous l'entendez. Je vous fais confiance, Brenda. Les instructions et les coordonnées de la cible vous parviendront demain matin.

— Le tarif sera plus élevé. Je dois décaler deux contrats sur lesquels je m'étais engagée.

— L'argent n'est pas un problème.

— On casse la tirelire de la quête si je comprends bien.

— Si peu, ma chère, si peu…

— Bien, je crois que vous êtes arrivé, Éminence. »

Dans la nuit américaine, apparaissait la coupole du Capitole illuminée et grandiose ; à l'intérieur, des kilomètres de bureaux, les contrôles de sécurité, la fourmilière du pouvoir et une table ovale. Non, à Rome, il n'y a pas eu que la petite Stella Thibodeaux à l'ordre du jour, mais également une valise diplomatique à faire passer du Vatican à la Maison-Blanche.

In God we trust.

« Savez-vous ce qu'elle contient ? demanda Brenda.

— Aucune idée. Mais de vous à moi. Je préfère l'ignorer. Et vous aussi, croyez-moi. *Simplex et rectum est in anima videt quod nihil mali passus est.*[1]

— *Vade in pace*[2], Carter. »

8

Faire tache d'huile. Stella connaissait l'expression, bien sûr. Mais la compréhension des mots diffère lorsque vous l'éprouvez par l'expérience. Ce qui détermine une épaisseur humaine. Ce qui fait que vous écoutez plus attentivement les conseils qu'on vous donne.

1. L'âme simple et droite ne voit le mal nulle part.
2. Allez en paix.

Faire tache d'huile.

Ils étaient une cinquantaine qui attendaient autour de son camping-car. Stella était partie chercher un hot-dog et un Sprite à la buvette de la fête foraine et maintenant, ils s'étaient multipliés. Silencieux et résignés à l'attente.

Stella fit un pas de côté et les épia, cachée derrière une roulotte en mâchant son hot-dog moutarde. Elle avait faim. Les *résorptions* étaient montées au nombre de cinq. Le dernier avait été un muet qui s'était précipité nu hors de la caravane en hurlant. Ça ne marchait pas à tous les coups, on est bien d'accord – et puis, dans le lot, il y avait aussi des hommes venant juste pour la bagatelle, Dieu merci. Mais pour les cas désespérés souhaitant être guéris, il fallait une sorte de sincérité pour que ça marche. Sonder ce lieu de leur âme dénué de toute volonté de puissance et d'orgueil. Stella devait atteindre une forme de bonté sous-jacente chez eux. Un sentiment pur que leur vie rude de pauvre ère en souffrance avait annihilé chez la plupart. La compassion de Stella faisait le reste, ce qu'on nomme dans les livres d'église « l'amour du prochain ».

Stella revint sur ses pas, se mêla à la petite foule de badauds flânant parmi les carrousels, et attendit que Santa Muerte termine sa consultation. Un jeune homme sortit en pleurs de la roulotte, Stella s'engouffra dans son sillage, odeur de sueur mêlée de patchouli.

« Tu les fais pleurer maintenant, Santa ?

— Tu sais pourquoi ils viennent, *querida* ? Pour l'amour et l'argent. Tous veulent le bonheur et la richesse. Pour la richesse, je veux bien baratiner, mais l'amour... Bon sang, ils ne savent pas que l'existence est une succession d'abandons et de profonde solitude ? Ne le voient-ils donc pas ?

Qu'est-ce que je peux faire, hein ? D'autres cherchent la gloire, ils pensent que...

— Santa, écoute, écoute-moi... Ils sont une cinquantaine à me vouloir. Ce n'est pas l'amour ni la richesse ou la gloire, mais j'ai besoin que tu me dises ce que je dois faire...

— *Madré de Dios!* Cinquante ?! »

Stella hocha la tête, silencieuse. Santa Muerte cracha dans sa bassine, puis :

« Tu pourrais nous attendre à la prochaine étape.

— Vous allez sur la côte ?

— Dans trois jours.

— Ça me va.

— Tu as assez d'argent ?

— J'ai mes économies.

— Très bien. Ne travaille surtout pas, d'accord ? Rien, tu restes tranquille, tu te fais oublier...

— Oui, Santa, je me promène sur la plage et je fume des cigarettes. Un peu comme de petites vacances.

— Exact.

— Et pour le camping-car ?

— Tu grimpes dedans, tu mets le contact et tu te tires. C'est aussi simple que ça.

— Mais est-ce qu'ils vont pas me suivre ?

— Tu partiras cette nuit. Tu vas leur dire que tu reprendras le travail demain matin et tu files cette nuit. Je t'aiderai, s'il le faut. »

Stella s'approcha de la vieille qui sentait la naphtaline et la sueur. Elle posa ses lèvres sur son front moite.

« Tu es ma seule famille, tu sais ça, Santa ?

— Je sais petite, je sais. Le problème, tu vois, c'est que parfois, la famille, faut la quitter. C'est une question de survie. »

9

Le souci, avec les frères Bronski, c'est qu'ils étaient un véritable fléau pour la petite part d'humanité ayant affaire à eux. On pouvait aisément énumérer cet échantillon depuis qu'ils avaient fondé leur petite entreprise il y avait 24 ans (bientôt le jubilé). On devait cette exactitude à William (Billie) Bronski, le frère cadet, lequel tenait scrupuleusement le compte des disparus : 1 239 âmes. Ce qui nous fait une cinquantaine de cas par an, soit un peu moins d'une occurrence par semaine.

C'est dire si les deux bonshommes étaient des bosseurs. Et vu qu'à près de 45 ans ils étaient en pleine possession de leurs moyens, on pouvait avancer l'hypothèse qu'ils monteraient en puissance, que l'échantillon irait en se multipliant et que, enfin, bon nombre de gens continueraient à chier dans leur froc en sachant qu'on les avait lâchés à leurs trousses.

« Hein, quoi ? Quesse tu dis ? hurla Michael (Mike) pardessus le bruit aigu de la scie électrique.

— On n'a plus de sac de 110 litres...

— Quoi ? »

Mike termina de détacher l'avant-bras du cadavre, relâcha son index du Bosch *Saber Saw* et dégagea une oreille de son casque anti-bruit :

« Tu disais, Billie ? »

Billie saisit l'avant-bras découpé par le poignet, secoua les caillots de sang, et le jeta dans le sac-poubelle. « Je disais qu'on n'a plus de sac de 110 litres. Reste plus que des 35.

— Dans ce cas, je fais des morceaux plus petits.

— Je suis désolé, j'ai complètement oublié les sacs. Je sais que t'aimes pas ça, les petits morceaux.

— T'inquiète, ça peut arriver à tout le monde d'oublier. Moi aussi, je suis sur les rotules. »

Le type qu'ils découpaient dans le sous-sol d'une maison de location leur avait fait passer deux nuits blanches. Billie et Mike avaient besoin de décompresser, boire une bonne bière fraîche en regardant, au-dessus du bar, un de ces écrans suspendus avec des voitures tournant sur un circuit. Ce qui avait mené les frères Bronski sur les hauteurs de Beverly Hills était, on s'en doute, une affaire impliquant un Acteur Célèbre, lui-même employé par une Firme Mondialement Connue pour des publicités de capsules de café jetables. Ledit Acteur Célèbre entretenait une relation homosexuelle et secrète avec un Jeune Mannequin. Il fallait que cela cesse pour le bien de la consommation des capsules jetables. Mais le Jeune Mannequin menaçait l'Acteur Célèbre de tout révéler s'il le quittait. Alors la Firme Mondialement Connue avait contacté Brenda Moore, qui avait mis les Bronski sur le coup. Un point important du contrat stipulait que l'Acteur Célèbre passerait les dernières 72 heures en compagnie de son amant pour une ultime et folle cavalcade (à l'insu de l'amant lui-même, bien entendu). Craignant un revirement sentimental de dernière minute de la part de l'Acteur Célèbre, les Bronski n'avaient pas lâché leur cible, pareils à deux morpions sur un poil. À l'aube du troisième jour, prétextant un oubli de téléphone portable dans leur chambre d'hôtel, l'Acteur Célèbre avait fait attendre son mannequin dans la limousine. C'est Michael qui était venu s'asseoir près du jeune homme, alors que William était déjà installé au volant en tant que « chauffeur » pour filer vers la maison de location.

William avait d'ailleurs rapporté à son frère ce dernier échange entre les deux hommes :

« *Tu es le meilleur, Valentino, avait dit l'Acteur Célèbre des larmes dans les yeux. Tu es celui qui a été au plus profond de mon âme.*

— *Celle que tu as dans ton cul ?* » avait suggéré Valentino.

L'Acteur Célèbre l'avait embrassé sur la bouche, comme Judas le fit avec le Christ, avant de quitter la limousine.

End of story.

Dans le classement personnel des frères Bronski, les stars du showbiz venaient en numéro 2 des clients les plus chiants. En première position, il y avait les hommes politiques, difficiles à éliminer à cause de leurs gardes du corps. Mais aussi parce qu'ils n'arrêtaient pas de supplier pour qu'on leur laisse la vie sauve. Au seuil de la souffrance et de la mort, ils promettaient généralement n'importe quoi, comme dans leurs programmes électoraux.

À présent, il fallait juste terminer de découper cette tapette et la donner à bouffer aux chacals du désert.

Chienne de vie.

10

Tout s'était bien passé.

Bon d'accord, Santa avait dû intervenir pour que les éclopés s'éloignent au moins pendant la nuit, mais Stella avait finalement pu foutre le camp peu après 23 heures.

À présent, elle roulait sur la 341, en direction de l'île de Jekyll. Conduire de nuit était un moment doux pour Stella. Un moment d'intimité à elle seule. Quitter un lieu pour en trouver un nouveau, elle adorait ça. Et même si elle était souvent déçue, la possibilité d'un recommencement lui donnait l'envie de sourire. Il devait bien y avoir quelque chose ou quelqu'un qui l'attendrait, au bout du compte. Le sens est une quête. Et à ce niveau, Stella était servie.

Dans la fraîcheur moite de la nuit, le tableau de bord illuminé en vert et la lune comme une parenthèse ouverte dans le ciel lavé par l'orage, elle fumait une cigarette, la vitre baissée. Elle n'avait pas besoin de la compagnie de la radio. La caresse du vent et le bruit du moteur étaient suffisants. Elle était tout entière présente à elle-même. Donner était éprouvant. Donner sans relâche. Et à présent qu'elle avait découvert que le don allait bien au-delà de son corps, elle avait l'impression de vieillir prématurément dans son âme.

Comme si elle se froissait à l'intérieur d'elle-même.

Mais voilà. La nuit tranquille, les coups de pied dans le firmament ne durent pas. Un élément vient perturber le recueillement et l'introspection. La simple contemplation de notre existence est chose rare et difficile. En vérité, Stella en avait marre des histoires, elle aurait voulu ne plus rien avoir à raconter, mais l'élément perturbateur se tient au bord de la route,

pouce levé.

Elle dépasse l'auto-stoppeur. La lueur des phares révèle deux choses, non, trois : solitude, indigence et beauté.

La physionomie du jeune homme au bord de la route dit tout ça alors qu'il pivote sur lui-même, clignant des yeux et agitant son bras.

Stella Thibodeaux et sa fichue empathie. Stella qui ne devrait penser qu'à elle-même. Au lieu de ça, elle freine et se range sur le côté de la route. Un poids lourd la dépasse en klaxonnant. Le silence revient tandis que le jeune homme s'approche dans le rétroviseur.

Grincement de la portière qu'on ouvre. Le jeune homme grimpe, lui sourit et s'installe sur le siège passager. Il sent la poussière et le fuel. Les cheveux longs et blonds comme ceux du Christ des images pieuses.

Mais Stella n'avait pas vu son regard.

Son regard est mauvais.

11

On suspend la crédulité.

Car d'autres drames se jouent de concert.

La vie est une vallée de larmes, on est bien d'accord ?

À genoux et en pleurs dans le giron de sa femme, Robert Smith est là pour en témoigner.

Le prix à payer pour son nouveau visage.

« Tu es allée la voir, hein ? Tu es allé voir cette fille qui guérit ! »

Ils avaient beau être dans le lit conjugal, Madame Smith ne lui caressait pas les cheveux. Elle ne le consolait pas non plus. Elle campait sur la ligne dure de la jalousie et de la rancœur, comme si les bras de Stella se refermant sur le corps de son mari lui avaient enlevé quelque chose à elle. Blessure de l'orgueil et l'amour, au fond, n'est que de l'amour. La voie du pardon exigerait d'abord de vouloir comprendre, alors que Madame Smith voyait là une façon de se débarrasser de son époux par un divorce hostile et plein de pensions alimentaires. La petite vie paisible de Bob, les menus plaisirs d'un homme n'ayant jamais cherché à faire de vagues, le conjoint fidèle et tout de même attentif à sa famille, le citoyen obéissant et consommateur, butait ainsi sur un pragmatisme intransigeant et luthérien.

« Tu n'as qu'à retourner voir ta catin, dit-elle.

— Elle m'a sauvé, l'implora-t-il. Ce n'est pas comme si je t'avais trahie...

— Ah, non ? Tu ne lui as pas mis ton truc dedans, par hasard ? C'est pas comme ça qu'elle guérit ? Tu es un porc, tu me dégoûtes, Robert ! »

Et Robert se sentit seul comme il ne l'avait jamais été. Oppressé non par la solitude en elle-même, mais par celle éprouvée en présence de l'autre, la pire qui soit. Comment expliquer à celui qui ne veut pas comprendre ?

Que les circonstances avaient mis cette fille sur sa route.

Que lui, Robert Smith, pour une fois avait su où regarder.

Et voir.

Cette fille se lever de sa chaise et s'étirer dans le soleil radieux d'un matin de septembre.

Son corps souple appelant la volupté et le rire nietzschéen.

L'arrière de ses cuisses marqué par la trace des lanières de plastique d'une chaise tressée.

Oui, il avait su, alors.

Il l'avait senti durcir entre ses jambes, sans aucune possibilité de retour.

Que Stella Thibodeaux serait sa seule, son unique chance de rédemption face à l'amertume du devoir, face à une existence où il aurait continué de se mentir à lui-même.

Il reçut une gifle et se mordit la lèvre.

La violence, enfin. Son sourire et sa défaite révélaient ses dents tachées de sang.

Robert Smith ne vieillirait pas avec sa femme.

12

À cet instant précis, Stella n'était pas cette vision d'un bonheur possible.

Elle avait peur.

Le jeune Christ à ses côtés pointait une lame de cran d'arrêt sous son menton, cette partie si fragile sous le triangle de la mâchoire. Son autre main sale tenait fermement ses cheveux et tirait sur son crâne. Stella évita comme elle put les nids-de-poule jonchant le parking désert du supermarché. Là où le type lui avait dit d'aller.

Dans le prolongement de la lame, sa carotide pulsait contre l'acier.

Elle aurait pu mourir par inadvertance, un soubresaut du camping-car sur le ciment troué. C'est con, la vie.

« Je vous en prie, rangez votre couteau, dit Stella. Je vais vous donner ce que vous voulez. Ce que je fais, mon métier, est exactement ce que vous attendez de moi. »

L'auto-stoppeur se retourna pour regarder derrière lui la couchette du van ; il lâcha Stella, se frotta soudain les yeux de manière compulsive.

« Où est-ce que je me gare ? » demanda Stella. Le type fit un vague signe de la main, désorienté. « Hé, monsieur ! Ça ne va pas ? » Le jeune homme laissa tomber son couteau, prit sa tête entre ses mains.

« Je ne vois plus rien, bon Dieu, je ne vois plus rien ! Qu'est-ce que tu m'as fait, salope ?! »

Stella stoppa au milieu du parking et tira le frein à main. Elle ouvrit la portière, sauta du camping-car. Elle aperçut les rangées de chariots empilés du supermarché, les papiers d'emballage voltiger sous les rafales de vent chaud. Les réverbères éclairaient les lignes blanches des places de stationnement comme une tentative d'organiser le chaos.

Le type continuait de hurler. Il essaya à son tour de sortir de l'habitacle, se cogna le front contre l'encadrement de la portière. Il manqua le marchepied, s'étala sur le goudron fissuré par la chaleur.

« Sale pute ! Où t'es ?! Je vais te tuer ! »

Mais il n'avait plus son couteau dans les mains, il ne possédait plus rien que sa terreur et les abysses peuplant sa nuit noire. Il tomba à genoux, se mit à pleurer et l'implora de faire quelque chose.

Stella s'avança vers lui, hésitante, puis n'hésita plus. Elle s'approcha à le toucher, passa une main douce sur ses paupières, une caresse. Le jeune Christ releva son visage et redevint lui-même, voyant à nouveau Stella qui se tenait debout sous l'éclairage blafard d'un réverbère : ses longues jambes dépassant du short en jean, ses pieds nus dans les tongs, ses seins libres sous le débardeur.

Il se leva, titubant, terrorisé. Marcha à reculons : « Vous... Tu es une sorcière, une sorcière... »

Le type se mit à courir et disparut à l'angle du bâtiment Walmart. Et comme dans la fable du Loup et du Chien, le jeune homme s'enfuit, et court encore.

Stella resta seule sur le parking.

Voilà, tout ça, l'espoir d'un recommencement dans un nouveau lieu, le moment doux et intime sous la lune, le tableau de bord éclairé en vert, tout ça s'était cassé la gueule, tout ça était si fragile. Et Stella, dans sa candeur, n'en voulut même pas à son agresseur. Elle aurait dû, pourtant. Mais à sa naissance, on ne lui avait pas donné l'option de la colère.

Stella Thibodeaux s'assit sur le marchepied de son van. Elle pleura, se demandant quand tout ça finirait. Elle avait beau se tourner de tous les côtés, elle ne voyait aucune issue à sa situation. Sa vie, déjà : orpheline, pauvre, abusée, mais sans le lyrisme d'une Cosette, une jeune existence résumée sur les deux pages A4 d'un rapport des services sanitaires. Son corps dans lequel elle se sentait étrangère quand les hommes la regardaient et voulaient la posséder...

Et maintenant ce... ce don.

Mais était-ce bien un don ou une malédiction ?

La seule façon qu'elle avait trouvée de n'appartenir à personne était de se donner à tout le monde.

Stella leva les yeux aux étoiles, et demanda :

« Pourquoi moi ? »

Elle se souvint de quand, petite, elle était chez les bonnes sœurs. La terreur de voir se manifester une apparition qui lui imposerait la grâce.

« Pourquoi moi ? »

Vous avez remarqué ? Les questions fondamentales n'ont jamais de réponse.

III

Zoologies

13

Billie Bronski frotta la semelle de sa Tony Lama sur le sol, soulevant un petit nuage de poussière. La peau de crocodile était devenue presque blanche avec le temps et à cause des nettoyages répétés à l'eau de Javel. Mike shoota dans un caillou avec son modèle en boa constrictor, les écailles aussi usées que sa patience. Le caillou rebondit contre la palissade rafistolée entourant l'esplanade, faisant un bruit creux dans le bois vermoulu. Çà et là, quelques touffes d'herbe rabougries tentaient une percée suicidaire sous le soleil implacable. En vérité, ce n'était que stupeur et désolation à la sortie de la bourgade de Jesup, où les forains s'étaient installés pendant trois semaines, égayant les soirées de villageois aux ongles noirs et aux regards torves.

« Z'ont foutu le camp, constata Mike.

— Y a pas à dire, ces tronches de cake se sont barrés, ouaip.

— Va falloir qu'on questionne les bouseux pour savoir où ils se sont tirés.

— Comme tu dis, frangin. »

Les frères Bronski n'eurent pas besoin de se consulter pour savoir qu'il leur fallait une bière glacée dans le bar le plus proche. Rien de mieux pour aider à réfléchir. Leur façon de joindre l'utile à l'agréable.

Ils trouvèrent un *diner* après la station-service Chevron, descendirent de leur Chevrolet Camaro '69, firent claquer les portières et remontèrent leurs jeans poussiéreux au-dessus du nombril. Mike marqua un arrêt pour ajuster ses attributs compressés sous le calcif, avant d'emboîter le pas à son frère. Les franges de leur veste Buffalo remuaient imperceptiblement sous le vent, pattes folles de scolopendre. Ils avançaient d'un pas chaloupé, zigzaguèrent entre une dizaine de Harley-Davidson pour atteindre l'entrée. À retenir que, de façon générale – dans la vie comme dans l'accès à un bar quand ils ont soif –, les frères Bronski préfèrent la ligne droite. Mike afficha sa contrariété par le jet d'un glaviot s'écrasant sur un pneu Dunlop à flanc blanc.

Billie poussa la porte, la fraîcheur de l'air conditionné lui gifla les poumons, Mike toussa dans son dos.

Dans le fond, les motards se figèrent autour de la table de billard. Les motards sont des gens aisément curieux. Le temps que les nouveaux venus s'assoient, ils se remirent à jouer. Les motards sont aussi de grands enfants espiègles.

Lorsque Frankie se redressa derrière le comptoir après avoir posé sa caisse de bouteilles vides, il vit deux hommes aux épaules massives dont le Stetson était posé sur le zinc, un trait rouge barrant leur front. Il vit aussi deux visages sans expression, remodelés par le bistouri et le collagène.

Le barman l'ignorait, mais les jumeaux Bronski avaient dû changer tant de fois d'identité et de tête qu'ils ne se ressemblaient plus ; on n'imaginait pas une mère mettre au monde ces deux-là. Pourtant, des gueules fracassées, Frankie en avait vu pas mal, mais celles-ci lui suggérèrent de la jouer avec prudence, round d'observation, maintenir la distance sans s'exposer.

Ils voulurent de la bière Schlitz. Six d'un coup, trois et trois.

Frankie leur donna les six canettes. La première pour la soif. La deuxième pour la soif. La troisième pour la soif. La dernière, ils la froissèrent de leur main énorme avant de la faire glisser, aplatie, sur le comptoir.

« Ça prend moins de place pour le recyclage », fit Billie.

Frankie ramassa les canettes vides, l'aluminium écrasé en rondelle, et jeta le tout dans la poubelle à ses pieds.

« Je suis pas équipé pour. J'ai qu'une seule poubelle. »

Le barman passa un coup de torchon devant lui. On ne pourrait jamais dire que Frankie Malone se soit jamais débiné face à l'adversité.

« Et si on prenait une bière ? demanda Mike à son frère.

— Bonne idée, répondit Billie. Une bière, ça me va.

— Deux bières », fit Mike.

Frankie revint et posa les nouvelles Schlitz sur le comptoir.

« Offertes par la maison. Trois bières d'un coup, la quatrième offerte.

— C'est gentil. Vous faites ça souvent ? demanda Billie.

— J'ai commencé aujourd'hui. »

Les frères Bronski se regardèrent, Mike dit : « Est-ce qu'on aurait affaire à un barman rigolo ?

— Quand Frankie Malone vous offre à boire, la moindre des choses, c'est de dire merci. Maintenant, si vous voulez des emmerdes, je suis preneur », ajouta l'ancien boxeur.

Mike et Billie observèrent ce gaillard leur tenant tête, se regardèrent encore, puis Billie :

« C'est tout à ton honneur, bonhomme. On respecte ça, t'as du cran.

— Ouaip. Merci, Frankie. Du fond du cœur.

— Pas de quoi. Buvez-la dans la paix et l'amour.

— Attends, bonhomme. Nous autres, on aurait comme qui dirait une question irrésolue qui nous empêcherait de boire cette bière dans l'amour du prochain...

— Nous, ce qu'on veut, c'est savoir où sont partis les forains, compléta Mike.

— Les forains ? Qu'est-ce que vous leur voulez ?

— Ça, c'est notre affaire, répondit Billie.

— Où sont partis les forains ? répéta Mike.

— Vers l'océan.

— Tu peux être plus précis ?

— Sud-est, je dirais.

— Encore un chouïa plus précis ?

— Non.

— Alors, on va en rester là, conclut Mike en posant un billet de 10 dollars sur le zinc. C'est déjà pas mal d'avoir un cap, hein, Billie ?

— Il nous suffit de peu, seulement l'essentiel. On se démerde juste assez avec l'essentiel. Merci bonhomme. »

Mike et Billie se levèrent de leur tabouret. La galette siffla en reprenant forme, le son aigu d'une inspiration asthmatique. Frankie estima entre 100 et 110 kilos le poids de chaque homme. Demandez à n'importe quel boxeur de jauger votre poids, il se trompe rarement.

Mike fit tinter le grelot de la porte en l'ouvrant, souleva

son chapeau à l'adresse des *bikers* qui s'étaient à nouveau interrompus pour les regarder partir : « Salut, les motards ! » Billie rigola et sortit derrière son frère.

Les motards en restèrent comme ces fameuses statues de sel dont la littérature abonde. Dehors, les deux frangins rejoignirent leur Camaro qui démarra sans faire déraper les pneus sur les gravillons.

Mais ce n'était pas encore fini pour Frankie. Du coin de l'œil, il vit une montagne de chair grossir dans son champ de vision. La montagne de chair en question traversa le *diner* d'un pas lent, et là, il y en avait pour 130 kilos de gras et de muscles élevés au bœuf Black Angus. Si vous êtes preneurs, je vous présente et après vous vous démerdez.

« Dis-moi, Frankie, fit la montagne. Qu'est-ce qu'elles voulaient, les deux tarlouzes ? » Frankie avala sa salive, mais bon, on sait que le bonhomme ne recule pas :

« Normalement, c'est pas tes oignons, mais vu que t'es un bon client, je vais te le dire : savoir où étaient partis les forains.

— Et ?

— Je leur ai dit.

— Ouais ? Et sont partis où les dégénérés ?

— Vers l'océan.

— T'as pas été plus précis ?

— Sud-est, j'ai dit.

— Pas plus précis encore ?

— Non.

— Ça veut dire qu'ils ont dû prendre la 341...

— Je vois pas d'autre route, ouaip. »

La montagne de 130 kilos était surnommée « Comanche ». Une balafre rose et boursouflée traversait sa joue gauche et remontait sur le front où elle se perdait sous des cheveux noirs (de jais) noués en catogan. Comanche était chef de chapitre des Bandidos de la région. C'est-à-dire qu'il avait déjà passé une quinzaine d'années en taule pour un tas de joyeusetés, allant du viol collectif au recel de méthamphétamines. En passant par le meurtre à mains nues.

Un type sympathique.

« Là, maintenant, on n'a pas vraiment le temps, on doit régler un petit problème avec un mauvais payeur, mais si les tarlouzes devaient repasser dans le coin, tu me le fais savoir ? Ça me ferait vachement plaisir, Frankie, tu comprends ça ? »

Comanche sortit une carte de visite tachée de graisse de son Perfecto et la posa sur le comptoir. Je sais, ça surprend, mais faut pas croire, Comanche est un homme d'affaires.

Comanche claqua des doigts.

Ses gars terminèrent leur bière cul sec et rangèrent leurs cannes de billard sur le porte-queue. Les Bandidos sont curieux, joueurs et bien élevés quand ils le veulent.

Il y a juste une chose qu'il faut savoir.

Ils n'aiment pas qu'on les appelle « motards ».

14

La nuit était tombée, apportant à peine un peu de fraîcheur dans la moiteur scélérate. Les moustiques avaient remplacé les mouches, fordisme des écosystèmes. Quiconque possédait un ventilateur ou un climatiseur le faisait tourner à plein régime. D'ailleurs, dans la région, les seules activités ne connaissant pas la crise étaient la vente de moustiquaires et celle d'appareils d'air conditionné.

Et le *diner* de Frankie Malone.

Frankie demanda à Margot de s'occuper du bar.

« Où tu vas ? le questionna-t-elle.

— Une course à faire.

— Maintenant ?

— C'est pour ça que je te demande de veiller sur mes clients. Demande pas, Margot.

— Comme tu veux, Frankie. »

Malone se servait de l'épaisse enveloppe kraft qu'il tenait à la main, pour écarter les moucherons lorsqu'il traversait un halo de lumière. Des araignées grosses comme le pouce avaient tissé leurs toiles sur le moindre support et se gavaient de toutes sortes d'insectes. La sélection naturelle était à l'œuvre ; à bien y regarder, la nature n'était douée d'aucune pitié.

Frankie rencontra peu de monde sur son chemin, croisant surtout des pick-up délabrés pilotés par des jeunes gens avinés ainsi que les habituels sans-abri étendus sur leurs cartons au bord des trottoirs. *A chicken in every pot, a car in every garage*, martelait autrefois Herbert Hoover. De tous les slogans présidentiels, peut-être le plus naïf. Tout ça datait presque d'un siècle, maintenant. Une évolution sociale qui revenait, lente et irréversible, à son point de départ, l'ellipse vers la pauvreté. Et dans le flux de l'Histoire, Frankie Malone s'efforçait de se maintenir sur la ligne de flottaison, celle d'une dignité dans la défaite.

Dans sa paume, l'enveloppe brune se teintait de sueur. Il la changeait régulièrement de main pour ne pas que le papier se déchire et devienne une pâte pulpeuse et informe. Et puis, il avait un peu honte de ce qu'elle contenait. Il se sentait comme ces types qui vont rapporter chez les flics, sauf que là, c'était quelque chose qui ressemblait à du devoir.

Il marcha un bon quart d'heure, contourna le Taco Bell sur le point de fermer, et entra par la porte de service. Il rejoignit la sacristie au moment où le Père Brown ôtait son étole et la disposait sur un cintre après avoir terminé sa dernière confession. Le prêtre leva sa grosse tête grise, entama son reproche :

« Bon sang, Malone, faudrait voir à utiliser la porte principale comme tout le monde !

— Je peux pas me résoudre à faire le signe de croix, tu sais ça. Ton Christ qui morfle sur sa croix me fout les jetons.

— C'est rien qu'une image pour nous rappeler que le meilleur jour était hier. Une bonne confession mettrait tout à plat, Malone, on prendra le temps qu'il faut.

— C'est trop tard, j'ai perdu mon innocence, Jimmy. »

(« Jimmy » pour James. James Brown, comme le chanteur. Ça lui valait tout un tas de blagues foireuses au Père Brown, on verra ça plus tard.)

Le prêtre déboutonna son col romain, le retira de son rabat et le posa sur son bureau. Il passa un mouchoir en tissu fripé sur sa nuque en sueur, s'épongea le front.

« Hé, Malone ?!

— Quoi ?

— T'as les jambes arquées !

— Ben, ouais...

— J'avais jamais remarqué.

— Normal, tu me vois toujours derrière ce putain de comptoir. Pour mes clients, je suis l'homme-tronc.

— Justement. Pourquoi t'as pas attendu que je vienne boire ma bière au lieu de te déranger par cette chaleur ?

— Deux types sont venus me voir, Jimmy.

— Et alors ?

— Ils cherchaient les forains, voulaient savoir où ils étaient partis. J'ai dû leur dire qu'ils avaient filé vers l'océan. Fallait que je leur donne kek' chose, tu comprends ? Que je leur donne kek' chose, mais pas tout, pas la direction exacte.

— *Il faut apporter sa lumière dans les ténèbres, personne ne le fera pour nous*, ironisa le prêtre.

— C'est de qui encore, ton Christ ?

— Charles Bukowski. Éclaire ma lanterne, Malone... »

Le temps s'accélérait, le père Brown sortit une flasque de la poche intérieure de sa veste, en but une gorgée, la tendit à Frankie, sait-on jamais. Dans l'urgence, il arrive qu'on cède aux tentations.

« Plus une goutte depuis 1984. J'ai perdu mon titre à cause de cette merde.

— Alors, ces deux gus ?

— Alors, moi je dis qu'ils cherchaient pas les forains.

— Non ?

— Non.

— Alors qui ?

— Ils cherchaient la fille qui accompagne les forains. Celle du camping-car, la blonde.

— Tu veux dire Stella ? Stella Thibodeaux ?

— La fille aux miracles, ouais. »

Le Père Brown ne put s'empêcher de tressaillir. Il trouvait ça con, ces réactions somatiques et but une nouvelle gorgée pour reprendre contenance. Il aurait voulu faire comme si de rien n'était, préserver le temps du conditionnel passé, celui qui permet de tenir les choses à distance, mais ce n'est pas possible. Le présent l'emporte et le temps s'accélère, oui.

« Qu'est-ce qui te fait dire ça ? reprend le Père Brown sans trop y croire. Ces types ont peut-être un souci avec les forains, des dettes à recouvrir, une location impayée, ce genre de choses...

— Non, Jimmy. Leurs gueules, leurs yeux... Mon intuition, si tu préfères. Ces gus sont des méchants. Je les ai vus. T'étais pas là, moi si... T'as toujours ton magnétoscope ? Alors, regarde. »

Frankie Malone déballa enfin l'objet de sa honte contenu dans l'enveloppe kraft : une cassette VHS de surveillance vidéo.

« Me demande pas pourquoi j'ai ça dans mon bar, Jimmy. Me demande surtout pas. Mais c'est à cause de mon assurance. Sans ça, les enculés renouvelaient pas ma police. »

La main saisit la cassette. Putain, tu trembles, Jimmy.

On.

Play.

Les images apparaissent, en noir et blanc, muettes, ce qui les rend d'autant plus terrifiantes. La porte du bar s'ouvre, les deux types s'asseyent sur leurs tabourets. Malgré le gros grain, on voit bien les visages des frères Bronski afficher un sourire sans expression, leurs lèvres demander les six bières à venir...

« Nom de Dieu ! lâche le Père Brown.

— C'est si grave que ça ?

— Je crois que j'ai fait une grosse connerie, Malone. Une connerie absolument magistrale. »

15

La connerie magistrale : avoir averti le diocèse d'une possibilité de miracles. Lequel s'en était ouvert à l'évêque de

Baltimore qui avait dû en référer au cardinal Carter, et en quelques heures, la nouvelle était remontée jusqu'à Rome.

Et maintenant, le Père Brown cherchait à se noyer dans une bouteille de gin ; la pureté franche du genièvre, sa distorsion d'une réalité qui mord. Et blesse au plus profond de la chair. Le whisky, c'est pour l'apaisement. Le gin, pour la guerre.

Assis nu sur le bord de la baignoire, le miroir de la salle de bains lui renvoyait l'image d'un homme égaré avec sa queue entre les jambes. Le Père Brown but encore au goulot. Il aurait dû réfléchir : une prostituée ne pourrait jamais être une sainte. La compassion n'irait pas jusque-là. Le Saint-Siège avait mis près de deux mille ans à asseoir son mythe. La religion catholique romaine était devenue un État, elle avait ses employés, sa police secrète, ses intellectuels et ses gardes suisses. Elle avait ses banques, ses hommes d'affaires, ses investisseurs, sa presse, ses éditions et ses entreprises.

Une multinationale gérant plus d'un milliard trois cents millions d'individus.

Pas mal pour un jeune chevelu mort à 33 ans, vêtu d'une simple tunique et de sandales en cuir avec, pour seul outil, le verbe.

Et pour ce qui est du verbe, oui, le Père Brown aurait mieux fait de la fermer. Mais le sens du devoir et de la hiérarchie l'avait poussé à communiquer l'information. L'obéissance dévouée du corps des *Navy Seals*. Une règle qui en avait accompagné tant et tant vers la tombe. Et maintenant, son sexe durcissait malgré lui entre ses jambes. Ce corps étranger, ses couilles plus dures que des cailloux depuis le temps qu'il s'abstenait.

Le Père Brown entra dans la baignoire, alluma le pommeau

de douche et le dirigea sur son bas-ventre. L'eau froide lui fit perdre de sa vigueur et lui rendit en échange un regain de lucidité.

Maintenant.

Maintenant, oui.

Maintenant, il avait une dette envers cette fille.

Il avait cru qu'une partie de son histoire à lui ne reviendrait plus, que certains gestes ne seraient plus répétés.

Il avait cru que la bonté pouvait remplacer la cruauté.

Il avait cru que donner sans rien exiger en retour était la Voie.

Mais c'était sans compter sur l'effet boomerang. Pour certains, il y aurait comme un destin auquel on n'échappe pas. Le passé qui s'en revient vous hanter.

Le Père Brown s'assit dans la baignoire, passa son corps entier sous le jet glacé, la cage thoracique en proie à des respirations brèves et saccadées. Il y resta jusqu'à ce que sa peau devienne violette, tout en buvant encore au goulot de la bouteille, le cœur pompant plus vite l'alcool sous l'effet du froid. Il connaissait cela, on l'avait dressé pour résister au froid durant ses classes.

Dégoulinant, les muscles durcis, il écarta le rideau de douche et se dirigea en chancelant vers sa chambre, ouvrit l'armoire. Derrière le double-fond, se trouvaient un faux passeport, une liasse de mille dollars enroulée par un élastique, un pain d'explosif C-4, deux téléphones portables à usage unique, un Mossberg 500 et un Sig Sauer P220. Les balles étaient cachées ailleurs, il savait où.

La panoplie de secours si vous avez un passé douteux et un futur incertain.

Brown fit jouer la culasse du fusil à pompe.

Nu.
Comme au début.
Nu.
Comme aux origines.
Nu.
À la vie. À la mort,
Stella Thibodeaux.

16

Santa Muerte s'appelait ainsi parce qu'elle aimait la vie, puisque l'une ne va pas sans l'autre. Dans sa jeunesse, elle avait connu des hommes, les sensations plus ou moins procurées par leurs corps, leurs paroles, leurs promesses, leurs mains. Plus ou moins tenues, comme les rêves plus ou moins exaucés. Et les désirs et leur réalisation. Voyages, plaisirs et, par moments, l'apaisement d'une existence confortable. Mais, au final, il faudrait retenir qu'elle avait connu l'amour. Et contrairement à la plupart de nos passions qui s'effilochent dans le passé et nous envoient des piques de mélancolie dont le poison est le regret – lâches que nous sommes –, l'homme qu'elle aimait dormait encore auprès d'elle depuis leur rencontre à Solana Beach, une trentaine d'années plus tôt.

Son amour, son grand amour trouvé sur le tard, à Santa Muerte, son amour se nommait Tarzan.

Aujourd'hui, Tarzan était âgé de 92 ans. Devenu maigre et chauve. Quand Santa et son homme s'enlaçaient, on entendait leurs os s'entrechoquer. Tarzan n'avait plus son pagne léopard ni ses muscles. Il ne traversait plus le chapiteau sur sa corde aux apparences de liane pour sauver une jeune fille entourée de lions dressés et faussement voraces. À présent, Tarzan nettoyait la cage des fauves qui le regardaient d'un air indifférent. C'est un des privilèges de la vieillesse de ne plus susciter aucun type d'appétit.

Mais elle, Santa, se souvenait encore de lui quand il faisait le beau sur cette plage de Californie, soulevant des poids, ses muscles luisant d'huile solaire. Il avait déjà soixante ans, à l'époque. Et sa façon superficielle de ne pas céder au temps, l'avait émue. Santa était petite et souple, et mince. Parfois, il se montrait maladroit, il la serrait trop fort dans ses bras. Elle ressentait une légère douleur, grimaçait, mais c'était sa force à lui, sa force qui maintenant n'était plus que douceur.

La vieillesse est un *nem*, le passé tendre à l'intérieur de cette croûte qui est la peau. Alors, Santa se faufila entre les bras de son homme, bouscula son sommeil afin de poser sa tête au creux de son épaule. Leur caravane sentait le moisi et la fumée froide. La vieillesse étant ce qu'elle est, il n'y avait plus la nécessité de remplacer les anciens rideaux pour cacher leur nudité à la lune qui grandissait et les aveuglait dans l'obscurité chaude. Depuis la fenêtre ouverte, on entendait le souffle de la nuit, un bruit égaré de moteur s'emmêlant dans les feuillages des sycomores bousculés par le vent. Au loin, le ressac de l'océan et la marée montante grésillant sur le sable. Tarzan avait décroché leur roulotte du pick-up Ford. Le chapiteau avait été monté. Les premiers clients de la Mexicaine avaient afflué aussitôt, déjà, comme chaque année, avides de connaître les réponses quant à leur destin.

Santa tourna doucement la tête et regarda la boule de

cristal sur la table ronde qu'elle prenait soin de recouvrir d'un tissu durant la nuit. Qui peut dire où se termine l'imposture et où commence la sincérité ? Le matin, elle était allée voir Stella qui s'était dégotté un coin discret au bord d'une plage. Elles s'étaient serrées dans les bras, avaient bu une cafetière entière, fumé des cigarettes et puis Santa lui avait conseillé de rester encore éloignée des forains. Ce que Santa décela, dans sa tête qui montait et descendait, posée sur la poitrine creuse de Tarzan, ce qu'elle vit était le halo d'un pressentiment.

« Mon amour... » murmura-t-elle.

Tarzan se réveilla, aussitôt sur le qui-vive. Au cours des années, les petits malins venant les cambrioler de nuit n'avaient pas manqué sur la route.

« Calme-toi, dit-elle, ce n'est rien, c'est moi...

— Mais, toi, c'est déjà beaucoup, ma vieille peau.

— À ta façon, t'as toujours su être poète, mon rabougri.

— Qu'est-ce qu'il y a, Santa ?

— C'est que... On n'a pas d'enfants, Tarzan.

— C'est pour ça que tu me réveilles ? Tu veux que je t'en fasse un maintenant ? »

Santa se blottit. Tarzan percevait les soubresauts de son rire silencieux, la mâchoire de Santa sciant ses côtes.

Tarzan se redressa, prit son paquet de Camel au pied du lit et alluma deux cigarettes. Le rai de lune était une lame d'acier sur la moquette usée de la roulotte. Il prit la canette de Dr Pepper vide au pied du lit en guise de cendrier :

« Parle, Santa. Qu'est-ce qui te tracasse ?

— Des hommes vont venir, ils cherchent la petite. »

Tarzan avait appris à prendre au sérieux les prémonitions de sa femme.

« Des hommes mauvais ? » demanda-t-il. Santa acquiesça.
« Il faut qu'on la protège...
— On sera père et mère ? C'est ça que tu veux dire, Santa ?
— Tu serais prêt ? »
Tarzan noya la cigarette dans le fond de liquide de la canette et lui remonta doucement sa chemise de nuit.
Elle eut le temps de terminer sa clope avant qu'il soit plus ou moins prêt. Elle songea alors à quelque chose qui n'avait rien à voir avec l'instant présent et son inquiétude à propos de Stella.
Elle songea que les hommes devaient toujours soulever leur sexe, que c'était une tâche qui ne lui aurait pas plu, porter cette responsabilité du plaisir, qu'elle préférait mille fois être une femme et accueillir.
Santa se mit sur le dos, lui ouvrit ses jambes.
Clic-clic-clac.
Faisaient leurs os.
Mais c'était bon.
C'est toujours bon, peu importent les années.

17

Ils sont l'inéluctable, le bras armé de la fatalité.
Ils ne sont pas pressés, car la fatalité prend son temps.
Ils avaient dormi dans un motel au bord de la route, dans des lits jumeaux avec l'écran de télévision muet allumé toute la nuit. En allant aux toilettes, Mike l'éteignit maintenant que le jour se levait. Lui et son frère n'avaient jamais pu dormir sans une source de lumière. Depuis toujours, l'obscurité les effrayait, parce qu'ils savaient tous les cauchemars dont ils étaient capables.

Billie entendit son frère pisser dans les waters, la chasse d'eau qu'on tirait après coup. Mais il n'y avait là rien de poétique dans le matin bleu. Ils n'étaient pas Stella, ils n'incarnaient pas la grâce. Ils étaient ce qui vient briser, tordre, anéantir.

Sans états d'âme.

Sans âme tout court.

Comme la fatalité.

Billie se leva à son tour, la pression sur sa vessie lui donna une érection qui tendait son slip. De retour dans la pièce, Mike détourna le regard, gêné, mais Billie lui adressa la parole, sans pudeur :

« C'est ton tour, Mike.

— Je sais, c'est pour ça que je m'habille.

— Je t'ai pas entendu te brosser les dents.

— Plus tard.

— Tu ferais de la peine à maman, si elle te voyait.

— Plus tard, j'ai dit.

— Pourquoi tu changes tes habitudes ?

— Parce que les habitudes peuvent nous trahir. On nous repère, on nous observe et on finit par nous cueillir un matin au réveil, une balle dans la nuque.

— On n'est pas en guerre, Mike. Sur ce coup-là, personne ne nous attend.

— Que tu dis.

— Putain, mais t'as quoi, ce matin ? »

Michael Bronski termina de boutonner son jean, glissa son Glock sous la ceinture dans son dos qu'il recouvrit avec le pan de sa chemise aux motifs de perroquets. Enfila ses bottes à même le cuir, jamais de chaussettes, un principe d'homme libre. Il écarta discrètement le rideau de la fenêtre, jeta un œil sur la coursive déserte à cette heure matinale. Son frère l'observa déverrouiller la porte et sortir.

Billie soulevait le couvercle du water quand il entendit la porte se rouvrir. Il se précipita sur le fusil caché dans la baignoire, surgit au coin de la chambre, actionna la pompe : Mike se figea, la main posée sur la table de chevet. Billie baissa aussitôt le canon.

— Nom de Dieu, Mike, tu fous quoi ?!

— J'ai oublié la monnaie. »

Mike referma doucement derrière lui, parcourut la coursive du motel jusqu'au distributeur de boissons. Il remplit deux gobelets de café noir. Dans le distributeur voisin, il sélectionna deux sandwichs œuf-bacon sous cellophane. Un jour sur deux, c'était son tour de s'occuper du petit-déjeuner et il gardait des piécettes pour ça, celles qu'il avait oubliées dans le cendrier de la table de chevet.

Plus bas, sur le parking, les véhicules étaient garés en épis comme des dominos sur une surface plane. Il pensa à *Flatland*, ce roman se déroulant dans un monde à deux dimensions. S'il n'avait pas été tueur professionnel, Michael Bronski aurait choisi l'écriture. Du moment qu'on possédait un potentiel créatif, les deux métiers apportaient leurs lots de satisfactions.

En prolongement du parking, l'*Interstate* distillait un trafic intermittent. Mike revint vers leur chambre, les gobelets de café dans les mains, les sandwichs coincés sous les aisselles. Un bruit fortuit, sorte de cliquetis, retint son attention. Et Mike sut immédiatement de quoi il s'agissait : il arrive parfois qu'un lien profond unisse l'homme et l'automobile, c'était le cas des frères Bronski et de leur Chevrolet Camaro RS coupé de 1969. Vert bouteille, avec deux lignes blanches sur le capot et le toit. Un modèle rare, les Bronski avaient toujours soigné leur style, le plaisir procuré par un V8 ronronnant comme un guépard.

Mike déposa café et sandwichs sur le rebord de la balustrade, descendit l'escalier agile et silencieux comme le guépard, justement, et se dépêcha de surprendre le voleur en appuyant le canon de son arme sur son occiput. Un petit coup sec capable de vous faire vomir de douleur. Le guignol aux cheveux longs lâcha le fil de fer qu'il tenait dans ses mains et s'accrocha au capot comme il put. Mike l'acheva avec un balayage au niveau des chevilles et le retourna une fois à terre, pour qu'il puisse voir son visage, et prenne conscience de la monumentale erreur qu'il venait de faire en s'attaquant à cette voiture-là, précisément.

Mike varia les plaisirs, posa le canon de son arme sur le front du jeune homme. Il vit les pigments bleus de ses iris s'élargir, sa dégaine de pauvre Christ, la maigreur qui pouvait être celle d'un junkie.

« Ne... ne me tuez pas, pitié...

— Tu dois supplier mieux que ça.

— Je... J'ai vu le billet de dix dollars sur le siège... Ce n'est pas la voiture... Juste les dix dollars... J'ai même pas le permis... »

Mike serra davantage sa main sur le cou du garçon.

« Alors, comme ça, tu vas crever pour dix dollars, c'est un peu con, non ?

— Je... Je n'ai plus rien... Mon sac est resté dans le camping-car de... de cette fille... »

Mike relâcha à peine son étreinte. Le jeune Christ perçut une possibilité de s'en sortir. « Celle qui m'a pris en stop... Celle... qui m'a rendu aveugle et puis guéri... »

La main se relâcha tout à fait.

« Une fille blonde ? » demanda Mike.

Le garçon fit oui de la tête.

« Et t'as essayé de te la faire, je parie ? »

Le garçon opina de nouveau.

« Et elle t'a rendu aveugle ? »

Le garçon acquiesça.

« Et après, elle t'a rendu la vue ? »

Le garçon... (C'est bon, on a compris.)

« Et cette fille, elle t'a dit où elle allait ?

— Elle... elle a parlé de l'île de Jekyll, je... je crois...

— Comment tu t'appelles ?

— Hein ?

— Ton nom, tête de nœud ?

— Ja...

— Quoi "Ja" ?

— Jason.

— Quelqu'un t'aurait dit par hasard que c'est ton jour de chance, Jason ?

— Non, per... personne.

— Parce que c'est le cas. Lève-toi. Tu vas répéter tout ça à mon frère, et dans le détail.

— Vous avez un frère ?

— En général, on dit de nous que les emmerdes ne viennent jamais seules. Bouge-toi le cul, Jason, mon café refroidit. »

18

Les pieds nus de Stella s'enfonçaient dans le sable. Elle regardait autour d'elle, un peu perdue et fascinée, les vagues déferlaient sur le rivage avant de venir mouiller ses orteils. Stella ne savait pas nager. Elle n'avait pas lu Stevenson non plus, ignorait même que c'était lui qui avait écrit *L'Étrange cas du docteur Jekyll et de mister Hyde*. Elle ne pouvait pas faire le lien entre cet écrivain et *L'Île au trésor*, elle ne pouvait pas déchiffrer l'ironie de se trouver sur une île portant le nom de Jekyll – reliée par un pont, d'accord –, mais une île restée presque sauvage et dont la beauté farouche l'éblouissait. À force de se plier au corps des hommes, elle avait oublié la nature des éléments, l'immensité placide de la mer, l'élan de liberté et d'apaisement qu'elle procurait à ceux qui prenaient le temps de la contempler et de s'y perdre.

Depuis trois ans qu'elle se prostituait, elle n'avait jamais envisagé pouvoir faire autre chose. Et ce matin, pour la première fois depuis des années, Stella réalisait qu'elle n'avait pas touché un homme depuis 48 heures. Qu'elle s'en portait mieux, même si les gestes habituels lui manquaient un peu, savonner un prépuce, caresser des testicules, dérouler un préservatif. C'était un boulot, il y avait comme un asservissement à sa fonction. Cette forme d'aliénation dont elle n'aurait su dire le nom.

Mais là, en cet instant parfait, elle respirait l'oxygène chargé d'iode, éprouvait le sable humide sous ses pieds, l'effort des muscles de ses mollets travaillant sous la peau, le mouvement parfait d'une mécanique fluide, l'émotion d'un détail, là où se cache Dieu, dit-on.

À ce propos, il y avait tout de même ce problème de la grâce qui s'était posée sur elle. Naïvement, Stella aurait voulu demander aux arbres, aux oiseaux, à l'écume de la mer ce qu'il en était de ce don ayant grandi en elle. Mais les arbres, les oiseaux et l'écume restaient indifférents. Elle se retrouvait dans un corps qui échappait au sens. Elle possédait quelque chose que les autres voulaient, quelque chose dont elle-même ignorait l'essence.

Stella s'arrêta un instant, elle ne savait pas où aller, elle était seule, avec son jean coupé à mi-cuisse, son t-shirt, ses pieds nus. Elle songea à Santa. Là, tout de suite, elle aurait eu besoin de son réconfort, mais elle lui avait promis de ne pas chercher à la voir dans l'immédiat, il fallait qu'elle attende et qu'elle n'exerce pas son don. Elle était seule avec sa peau, son corps et sa grâce.

Seule.

Seule absolument.

Jusqu'à ce qu'elle voie cet homme accroupi à l'arrière de son camping-car qu'elle avait garé en bordure de la plage, caché par la végétation. Il était en train de dévisser sa plaque minéralogique pour la remplacer par une autre.

Stella saisit un tesson de bouteille à moitié enfoui dans le sable, s'approcha, et demanda :

« Hé, monsieur ! Qu'est-ce que vous faites ? »

L'homme interrompit son geste. Il avait des cheveux gris coupés en brosse, des épaules massives. Sans se retourner, il lui répondit :

« J'essaie de vous sauver la vie, Stella Thibodeaux. »

IV

Freaks

19

Meredith Watson s'arrêta sur le seuil du bureau de Luis Molina. Elle n'eut pas besoin d'attirer son attention : lorsque Meredith approchait, une sorte de sixième sens vous faisait lever la tête. Son index déformé par l'arthrite fit signe au journaliste de la suivre. La rédactrice en chef du *Savannah News* mesurait un mètre cinquante-cinq et avait une jambe plus courte que l'autre. Ce qui ne l'empêchait pas de se déplacer à une vitesse démoniaque. *Ka-shlop ka-shlop ka-schlop*. Résultat : Luis avait le mal de mer en la talonnant.

Luis referma la porte du box en verre dépoli. Meredith contourna son bureau et grimpa sur son fauteuil à roulettes sur lequel était installé un coussin lui permettant d'être plus ou moins à la hauteur de ses interlocuteurs. Meredith prit deux feuillets dans la corbeille à courrier et les posa sur le sous-main dépouillé de tout accessoire superflu en dehors d'un stylo Bic, d'un bloc-notes et d'un téléphone.

« C'est quoi, cette histoire, Molina ? »

Meredith avait une voix éraillée par la cigarette, un timbre évoquant du gravier qu'on verserait dans un bidon en plastique. Un très vieux bidon en plastique dont l'anse menacerait de lâcher, mais qu'on continuerait à utiliser chaque jour.

Luis, maintenant : petit, noiraud, peau mate. D'origine hispanique, plus précisément du Honduras. Vagues souvenirs jusqu'à l'âge de 6 ans des bidonvilles de Tegucigalpa avant de franchir le Rio Grande sur les épaules de son père et de fouler la Terre Promise. Orphelin à dix ans, suivi administratif, famille d'accueil, élève appliqué, collège, université et naturalisation américaine. Marié depuis peu, sa femme déjà enceinte. Parcours exemplaire.

Sauf que Meredith Watson s'en contrefoutait des parcours exemplaires. Elle voulait des articles bien écrits, efficaces (de ce point de vue, Luis était l'un de ses meilleurs collaborateurs) – mais ce qu'elle exigeait, par-dessus tout, était des sources fiables.

« Et là, je ne vois rien de fiable, Molina, et c'est un euphémisme.

— C'est une proposition pour introduire le sujet, lancer un premier hameçon pour nos lecteurs, le sujet peut devenir sériel...

— Je connais le métier, Molina. Vous avez entendu ces racontars dans un bar, je parie ?

— Dans plusieurs bars de plusieurs villes.

— Des villages, vous voulez dire ?

— J'ai... j'ai entendu cette histoire lorsque je me suis déplacé pour cet alligator à Point Creek, puis lors de l'incendie à...

— C'est bon, Molina, je connais ce qui paraît dans mon journal. Des hommes ivres au comptoir parlant d'une bon Dieu de sainte, Molina, vous savez ce que ça signifie ?

— Je pense, oui.

— Non, vous ne savez pas. Ça peut signifier un Pulitzer, Molina ! Si vous soulevez le lièvre, un Pulitzer pour le *Savannah News*.

— Donnez-moi une semaine pour éclaircir tout ça.

— Trois jours, Molina. Je veux les témoignages des miraculés, reconstituez les événements, mais surtout, trouvez-moi la fille. Interview, photo, tout ce que vous pouvez avoir sur elle. Et gardez tous vos tickets.

— Oui, madame.

— Putain, Molina. Putain de merde. Fallait que ça tombe sur vous. »

20

« Je suis navré, petite, absolument navré. »

Bâillonnée, les pieds et les mains fixés à la chaise avec du ruban adhésif, Stella fixait le père Brown d'un regard ahuri, cheveux ébouriffés, les joues en feu. Il avait dû user de toute sa force pour la maîtriser tout en essayant de ne pas lui faire de mal. Les bras attachés dans son dos faisaient ressortir sa poitrine, dressaient ses tétons sous le t-shirt blanc zébré de filets de sang. Ce sang que le père Brown épongeait avec un mouchoir sale sur son front et sur son nez, griffures d'ongles roses et tranchants, scarifications douloureuses comme si on lui avait mordu le cœur.

La cloison du camping-car atténuait le bruit du ressac. Les

albatros flottaient suspendus dans le ciel, lançaient leurs cris sous le vent, leurs ailes de géants déployées. Assis sur la banquette perpendiculaire à la couchette, le père Brown l'examina avec attention. Stella était belle et farouche, pas exactement belle comme on le croit, mais comme on le sait, belle de manière définitive, vous appelant dans les entrailles du désir. Les yeux de Stella, vitrine d'une âme se connectant à la vôtre, un seul regard suffit, et vous êtes appelés, vous êtes l'élu, on l'a dit. Bref, vous êtes dans la merde jusqu'au cou de ce qu'on appelle l'envoûtement. Stella était un peu la Gorgone, sauf que ses cheveux blonds sentaient le shampoing à la lavande et la Marlboro light ; et qu'au lieu de vous pétrifier, le simple fait de la contempler vous insufflait un supplément de vie.

Stella vous *augmentait*.

« Ce col romain, cette croix épinglée sur mon veston sont le témoignage de ma foi, dit le Père Brown. Je ne suis pas un psychopathe, je suis prêtre, un vrai prêtre. Et si tout ça arrive, tout ce qui est sur le point d'arriver vous met dans cette situation inconfortable, eh bien, sachez que j'en porte la responsabilité... »

Stella ne bougeait pas. Elle ne baissait pas les yeux face à cet homme étrange dont les mains étaient maculées de sang séché et de poussière. Sa poitrine continuait à se soulever d'inquiétude. Son petit cœur à l'intérieur s'agitait, voulait se libérer, souhaitait vivre sans entraves, au-delà d'une chaise et d'un ruban adhésif dont la jonction lui provoquait des fourmillements désagréables au bout des doigts.

Le Père Brown prit le paquet de cigarettes et le cendrier au pied du lit, voulut l'allumer avec le briquet qui se trouvait à l'intérieur, renonça.

« Mais dans cette histoire, quoi que vous pensiez en ce moment, c'est moi le gentil... »

Un temps.

« Bon, Stella, est-ce qu'on peut parler sans que vous piquiez une nouvelle crise ? Est-ce qu'on pourrait commencer, par exemple, à vous enlever ce bâillon sans que vous vous mettiez à hurler ? Est-ce qu'on pourrait s'offrir une discussion au calme et entre personnes de bonne volonté ? »

Stella ne bougea pas.

« Je vais fumer ma cigarette dehors. Quand je reviens, je... »

Stella hocha de la tête.

« Sûr ? »

Stella fit encore oui de la tête. Le père Brown revint sur ses pas et décolla doucement le ruban adhésif de sa bouche. Stella prit une longue inspiration, toussa, puis passa la langue sur ses lèvres : « Vous pouvez... fumer à l'intérieur. Je le fais de temps en temps, moi aussi... »

Le père Brown prit une bouteille d'eau, lui fit boire quelques gorgées. Elle le remercia.

« Détachez-moi, maintenant.

— Pas avant que vous ayez entendu ce que j'ai à vous dire.

— S'il vous plaît...

— Écoutez-moi bien, Stella. Deux hommes vous cherchent. Ces hommes, je les connais, et quand ils sont sur votre piste, ce n'est jamais pour votre bien. Et si moi, je suis le gentil, eux sont les méchants de l'histoire, mais vraiment très méchants. Sans doute que dans moins d'une heure ils seront ici, exactement à ma place. Ce sont deux chiens de chasse, ils ont un don pour vous trouver jusque dans le trou du cul du diable, vous comprenez ?

— Un curé ne dit pas ces mots.

— Disons que j'exprime une part enfouie de ma nature, que cette part s'exprime dans un langage familier pour que vous mesuriez pleinement l'urgence de la situation.

— Vous n'avez pas non plus besoin d'utiliser des phrases compliquées pour m'expliquer.

— Okay. Alors, c'est très simple. On va se tirer d'ici en vitesse. La première chose est de mettre un maximum de kilomètres entre eux et nous.

— Mais pourquoi ?

— Pourquoi quoi ?

— Pourquoi ils me cherchent ?

— Parce qu'il semblerait que vous ayez accompli des miracles, Stella.

— Des *résorptions*, Santa appelle ça des *résorptions*...

— Qui est Santa ?

— Une sorte de maman. Elle et Tarzan sont ma seule famille.

— Tarzan ?

— C'est son mari, enfin, non, c'est mieux que ça, c'est son grand amour.

— Bon sang, Stella, mais c'est quoi ce cirque ?

— Des forains, ils sont forains. Santa est voyante, elle sait lire dans les mains et les cartes, elle a aussi une boule de cristal... Quoi, vous ne me croyez pas ?

— J'ai voulu me convaincre que je vivais dans un monde où la foi était là pour soutenir la raison, alors que c'est le chaos qui domine, l'entropie du chaos...

— Je ne comprends pas. Je m'en fiche, ça n'a jamais été un problème pour moi de ne pas comprendre, mais... mais pourquoi me veulent-ils du mal si je suis capable de... d'accomplir des miracles, comme vous dites ?

— Parce que... Parce que vous êtes une prostituée...

— Et alors ?
— Et qu'apparemment vous guérissez par là où le plaisir est donné. Et que ce plaisir-là, pratiqué en dehors du but de l'enfantement, est associé au péché.
— Et alors ?
— Et alors, je vais vous donner une réponse que vous n'allez pas comprendre.
— Dites toujours.
— Parce qu'il y a le dogme.
— Ah.
— Le dogme.
— C'est tout ?
— Le dogme est une vérité incontestable. Vous êtes une sorte de Vierge à l'envers, Stella. Vous comprenez ? Votre simple présence remet deux mille ans d'histoire en question.
— Ouah ! Rien que ça !
— Ça peut suffire pour l'instant. Maintenant je vais vous détacher et on quitte cet endroit. J'ai votre parole ?
— Vous l'avez. J'ai mal aux poignets, vous savez ? Très mal... Au fait, comment avez-vous su que j'étais ici ?
— Moi aussi, j'étais un chasseur autrefois.
— Et vous avez un nom, monsieur le curé-chasseur ?
— Brown.
— Brown comment ?
— Heu... James. James Brown.
— Comme le chanteur de *soul* ?! *Sex Machine*, tout ça ?
— C'est ça.
— Vous savez ce qu'il disait James Brown avant chaque concert ?
— Non, Stella, qu'est-ce qu'il disait ?
— Mets le feu et tire-toi. »

21

Ce n'est pas grand-chose, une enceinte rectangulaire d'un hectare, environ. Avec quelques manèges pour les mômes et les plus grands, des stands d'animation, de nourriture et de boissons. Un petit chapiteau où Tarzan amène deux lions en laisse au dompteur fatigué, où tombe et se relève un clown triste qui sent l'ail et la bière, où s'épaule un trio de trapézistes aux bras noueux, où la contorsionniste aux articulations en gomme se déplie et se révèle comme un fragment du monde. Mais aussi : sous la tente de la Cour des Miracles, on trouve la Femme à la peau de serpent, l'Homme aux couilles d'éléphant, les Frères siamois partageant leur cerveau – un rêve unique, des goûts semblables, des envies d'évasion ? –, le Nain albinos que l'on prendrait dans ses bras pour le cajoler, l'Homme-tronc marchant sur ses bras, la Vieille turque à la langue bifide capable de rouler deux cigarettes à la fois. Et puis l'Homme qui pleure, celui de l'amour perdu, on se demande comment il peut produire tant de larmes sur commande, les stries creusées dans ses joues comme deux rigoles, sans rire, une douleur si grande comme un lac de pure douleur. Et enfin Santa Muerte et sa boule de cristal, elle qui voit loin, elle qui, en réalité, ne lit pas dans les mains ni dans les cartes, mais dans les craquelures des rides et les yeux meurtris. Santa qui lit dans la souffrance de l'espoir qui s'amenuise.

Ce n'est pas grand-chose, mais ça peut suffire à distraire les habitants de Fernandina Beach, un samedi après-midi. Dans les rafales de vent brûlant et la poussière qui tourbillonne et prend à la gorge. Car, aujourd'hui, c'est un vent soufflant de terre, et les yeux sont rouges. De mauvais alcool et de mauvais sang, la mémoire est fatiguée, c'est jour de paie et c'est un peu celui de l'oubli : un samedi après-midi dans la grande Amérique qui se meurt. Et puisqu'elle meurt, c'est nous aussi qui mourons un peu avec elle. Parce qu'elle portait pour nous ses promesses d'un ailleurs, d'un renouveau, et il ne faut pas trop lui en vouloir de nous avoir trahis, elle et son drapeau qui se mouche dans les étoiles. Autrefois, la grande Amérique et les ballades de Bruce Springsteen, le mythe de ce que l'on comprend sans besoin de connaître tellement on l'a vu partout, et ressassé, et ça nous porte, ça nous donne du rêve pour pas cher, un monde commun, ce rêve, il fallait quand même le faire, n'est-ce pas ? L'Amérique, c'est ça qu'elle a su faire, le mieux qu'elle a su faire, et ça, on ne pourra pas le lui enlever, on peut la maudire, mais ça on ne pourra jamais le lui enlever, à l'Amérique, parce qu'ici même deux hommes laids aux visages difformes, foulant le sol de terre battue avec des bottes en cuir de reptile, ces deux hommes laids deviennent beaux et magnifiques ; ici même les tueurs ont leur dignité, on les aime un peu, forcément, quand même, parce qu'ils sont des rouages de l'épopée, ils sont la légende, ce que je tente de décrire. Et j'ai trop bu, et je suis si triste, faut pas m'en vouloir de ce lyrisme, je reviens, j'en reviens à mes personnages, ils sont mon rêve à moi – j'en reviens,

à ce qui peut suffire, à ce pas grand-chose, à la prière que fera Santa lorsqu'elle verra se refléter ces deux hommes aux visages recousus dans la convexité de sa boule de cristal, cette boule qui est un leurre, qui n'est que du verre. La fragilité de tout ce qui peut être si aisément brisé, parce que la vie, l'existence, est une corde raide, parce qu'il est beaucoup plus difficile de vivre que de mourir.

Il est beaucoup plus difficile de vivre que de mourir.

Et pendant ce temps, son Tarzan est avec les fauves qu'il conduit sur la piste pour le spectacle, et même s'il était là, son Tarzan n'aurait plus que son courage pour essayer de la protéger. Son courage et sa vulnérabilité. Son amour pour elle comme un dernier rempart inutile.

Ils arrivent.

Ils poussent le rideau.

Ils entrent dans la caravane sombre.

Santa lève la tête et les regarde.

Ils sont larges d'épaules, ils prennent beaucoup de place.

Qui sait si ce qu'on craint le plus finit par arriver ?

22

Luis avait embrassé Maria, touché son ventre étiré par la grossesse. Il s'était agenouillé, comme il le faisait souvent, devant cette sorte de pastèque apparue au milieu du corps de sa jeune épouse. Il avait soulevé le tissu de sa robe, posé son oreille à même la peau pour entendre les échos d'un fruit bientôt mûr. Maria avait ri en passant une main dans ses cheveux noirs et abondants, lui avait dit de faire attention. À quoi, elle ne savait pas précisément, à son ventre, à lui-même, au danger de manière générale, mais faire attention. Elle était pleine. D'enthousiasme, de nonchalance, de confiance. Comment aurait-il pu en être autrement ? La vie grandissait en elle.

« Fais attention Luis. »

Il lui avait souri, avait ramassé son sac à dos contenant le Nikon, son ordinateur et quelques affaires avant de refermer la porte de leur maisonnette. Un pavillon de plain-pied dans la banlieue de Savannah, là où les gens peuvent être heureux s'ils ont décidé de l'être.

Maria l'avait regardé monter dans leur Daihatsu Charade, la vie était une énigme ; de toute façon, pour son dernier mois de grossesse, elle prenait le bus. Lorsque la voiture s'éloigna, elle verrouilla la porte et s'assit sur le divan du salon. Elle remonta sa robe et commença à se caresser. Ses hormones, c'était la Guerre des Étoiles, elle en avait envie tout le temps, de jouir, son corps en ébullition.

De son côté, Luis était content de quitter quelques jours le domicile conjugal. Il adorait Maria, il aimait leur vie. L'idée d'une famille le réjouissait. Mais il se sentait sexuellement surmené, et plus globalement sous l'emprise du féminin avec toute l'attention que demandait sa femme, il avait besoin d'espace. L'espace que pouvait lui donner son travail. Parce que, ça aussi, c'était ce qu'il préférait. Juste après Maria : son travail de journaliste. Et cette vieille peau de Meredith Watson l'avait fait saliver, avec son délire de Pulitzer.

Luis lâcha le volant de sa main droite pour se signer avant de s'engager sur l'*Interstate* 95 en direction de Fernandina Beach. Une bonne heure de route. Un bon vieux CD de boléros cubains pour égayer le voyage sous le soleil qui penche à l'ouest, elle est pas belle la vie ?

Là où tout converge pour cette infime partie d'humanité qui nous concerne.

23

Dans le van, derrière le pare-brise maculé d'insectes écrasés, Stella regardait le Père Brown sortir les deux sacs de sport de son break Chrysler et les déposer par terre. Il resta quelques secondes à observer sa voiture que le vendeur d'occasions amenait au lavage automatique afin de la remettre aussitôt en vente au bord de la route. Les feux arrière lui firent un dernier clin d'œil. Le Père Brown reprit ses sacs. Il portait une vieille paire de Ray-Ban pilote, Stella se demandait s'il n'était pas triste d'avoir dû se séparer de sa voiture.

Stella l'entendit ouvrir la porte latérale du camping-car et déposer ses sacs à l'intérieur. L'un d'eux paraissait beaucoup plus lourd que l'autre, ça se voyait à la manière dont le prêtre penchait d'un côté en le transportant. Et maintenant, le bruit sourd que fit l'un des deux bagages au contact du plancher confirmait son impression.

Le Père Brown remonta dans la cabine, referma la portière. Il sortit les sept billets de 100 dollars de la poche de son veston, les plia et les rangea dans son portefeuille.

« Vous êtes sûr ? demanda Stella. C'était une belle voiture. J'aimais bien ce modèle.

— Le propre d'un prêtre, c'est de ne pas s'attacher aux biens matériels.

— Et votre paroisse ?

— Un jeune séminariste me remplace. On s'est organisés entre nous. Personne n'est au courant de la raison de mon absence. Une fois que vous serez en sécurité, je compte bien retrouver mes ouailles.

— Mes quoi ?

— Vous n'avez jamais suivi des cours de catéchisme ?

— Ben, non. »

Le père Brown lui adressa un sourire timide, inspira comme s'il allait lui dire quelque chose.

« Oui ? demanda-t-elle.

— Vous êtes une âme pure, Stella... »

Le prêtre n'osa pas la regarder. Il aurait vu qu'elle rougissait. La pudeur est une mesure possible de la délicatesse.

« Je sais, on ne vous avait jamais dit ça, reprit le Père Brown. Mais la grâce touche les âmes pures ou corrompues, il n'y a pas de demi-mesure, c'est ainsi. Dieu vomit les tièdes. »

Il lui avait dit ça sur le parking d'un concessionnaire automobile décoré par des fanions multicolores s'agitant dans le vent du soir.

« Allez-y, jeune fille, on descend vers le sud. »

Stella alluma le moteur, desserra le frein à main.

« Dites, vous n'avez pas chaud avec votre veste et votre col amidonné ?

— On verra plus tard. Vers le sud, Stella. Peut-être que l'espoir nous est encore permis. »

La jeune femme hésita.

« Il y aurait une chose, tout de même... »

Il avait attendu, mais le reste de la phrase n'était pas venu. Il avait juste eu le temps de voir cette ombre passer sur son visage. Cette ombre qu'il connaissait si bien.

« Et Santa ? Et Tarzan ?

— Parfois il nous faut quitter les êtres que l'on aime plus que tout.

— Votre Dieu est bien cruel, Monsieur le curé.

— Je sais, c'est incompréhensible, mais c'est comme ça. »

24

Luis dépassa d'abord un groupe de trois hommes au bord de la route, dans le soir étouffant et l'asphalte qui se liquéfiait. Au fur et à mesure qu'il approchait, que les kilomètres s'amenuisaient, les hommes devenaient plus nombreux, il aurait dû les compter, dénombrer la horde et le noter dans son calepin. Mais il s'oubliait, fasciné par ce qu'il voyait. Ils étaient laids, ils étaient lents, ils avançaient vers *Elle*, à moitié morts, déjà, avec ce qu'il leur restait d'inertie pour chercher à atteindre son corps et à repousser leur abîme.

Luis Molina mit son clignotant, s'arrêta sur l'accotement. Le capot de sa Daihatsu était brûlant, toutes les vitres étaient ouvertes. Il n'avait pas l'air conditionné dans sa voiture, sa chemise collait sur son torse, de la peau molle juste bonne à suer comme une viande décongelée.

« Vous allez où, comme ça ? » demanda Molina.

L'éclopé l'ignora, continua sa route, déterminé, dans ses vieilles baskets aux semelles usées. Déjà d'autres arrivaient.

« Hé ?! répéta-t-il. Où allez-vous ? »

Luis sortit de sa voiture, en attrapa un par le bras, ne sentit que la peau et les os dans sa main, le relâcha aussitôt, craignant de briser le peu qui restait de cet homme devenu gris.

« Où allez-vous ? » insista Molina d'une voix plus douce.

L'homme regarda à travers lui, ses yeux vitreux voyaient plus loin.

« Vers *Elle*...

— Cette fille ? Celle qui guérit ?

— *Elle*, oui... Lâchez-moi, les autres vont me dépasser...

Ma vie se compte en semaines, désormais... Lâchez-moi, je vous en prie... »

Luis Molina prit son appareil dans le sac posé sur la banquette arrière, régla son objectif et monta sur le toit de sa voiture, tant pis si son poids enfonçait la tôle. Il vit alors la ligne tracée par les éclopés, une faible trace d'humanité, pourtant bien réelle. Au loin, le chapiteau de la fête foraine, le rectangle poinçonné par les stands colorés dans la poussière et les mirages de chaleur. Plus loin encore, comme un ultime rempart, l'océan. Et Luis Molina ferait là, à cet instant, dans les conditions difficiles d'un contre-jour et d'une position précaire, sa plus belle photo. C'est souvent comme ça, d'ailleurs, il faut cette autre sorte de miracle pour que tout converge.

Légèreté. Rapidité. Exactitude. Visibilité. Multiplicité.

Convergences pour dire la vie au plus près.

Luis Molina avait réussi à photographier le désarroi, l'immensité du désarroi. Et l'espérance, aussi.

L'espérance.

25

Elle montrait comme une indifférence à la douleur, Santa, ne craignant pas de souffrir, ce qui posait problème aux frères Bronski et leur ôtait du plaisir. Ils tombaient comme ça, de temps à autre, sur des coriaces. Ils s'en prenaient alors à leurs proches, et là, tout coriaces qu'ils fussent, ils s'effondraient par effet miroir. Une hypothèse vérifiée maintes fois : la douleur infligée aux êtres aimés étant pire que la douleur que l'on peut subir. Sauf que Santa était seule dans sa roulotte, qu'elle n'était qu'une vieille peau avec rien d'autre que sa vieille carcasse effilochée qu'on ne pouvait tout de même pas martyriser au-delà d'un certain point. Dans les mains des frères Bronski, son cœur était celui d'un moineau. Mais, surtout : ils ignoraient la présence de Tarzan pour lequel Santa aurait donné le nom et l'adresse de la terre entière si on lui avait fait du mal, nouveau constat de leur manque de lucidité. Dans d'autres circonstances, ils auraient attendu avant de pénétrer dans cette roulotte, mais, à leur décharge, ils étaient pressés par le temps. C'est vrai aussi qu'ils ne pouvaient pas soupçonner une telle résistance de la part d'une si vieille, encore moins un amour perdurant ainsi sur le tard du quatrième âge qui leur aurait donné une piste.

Mike et Billie se regardèrent et comprirent l'un et l'autre qu'ils n'en tireraient rien ; Santa, à genoux, était prête à accueillir la mort. Alors, plus par lassitude que par nécessité – comme obligés par leur conscience professionnelle –, Billie avait saisi la boule de verre et, bras levé, s'apprêtait à fracasser le crâne de la vieille Mexicaine.

« C'est ta dernière chance de nous dire où se trouve la petite, fit Mike. C'est un peu con, parce qu'on finira quand même par la retrouver... »

Santa leva sa tête, l'entaille sur son front faisait couler un filet de sang dans ses yeux et sa bouche, glissait sur son cou, maculant, sans qu'on le voie, sa robe noire qui sentait la naphtaline. Elle dut faire un effort en articulant pour se faire comprendre :

« Je n'ai pas l'habitude d'être vulgaire, mais là, vous pouvez tranquillement aller vous faire...

— On sait la vieille, l'interrompt Mike. On en a entendu

tout un chapelet de ces insultes censées marquer un dernier sursaut de dignité. C'est un peu lassant, d'ailleurs.

— Ça tourne généralement autour de notre mère et des matières fécales, ajouta Billie.

— D'un père qui serait un singe, ce genre de choses...

— Nos gueules de dégénérés et tout ça...

— Alors, la vieille ? conclut Mike.

— C'est comme je vous ai dit. »

Alors, rien.

La boule s'écrase sur le crâne qui s'ouvre, une pastèque qu'on fend.

Santa s'affaisse, délicatement et sans bruit, une feuille se détachant d'un arbre à l'automne.

Stella sent une violente douleur traverser son crâne, elle s'affaisse et perd connaissance. Le Père Brown agrippe le volant, « bon sang, Stella ! »

Adieu Santa.

Billie repose sans bruit la boule sur son napperon brodé au milieu de la petite table. Le coup a été si rapide que la boule est restée immaculée. Les frères Bronski regardent le corps gisant à leurs pieds, font un pas de côté pour que le sang ne souille pas leurs chaussures. Ils se recueillent le temps de compter jusqu'à dix, avant de se signer. Le respect dû à une vie qui trépasse, quelle qu'elle fût. Ils ont des origines polonaises, ne pas oublier.

Ils s'en vont, silencieux. Une fois sortis de la caravane, ils retrouvent l'aveuglement doux d'un soleil de fin d'après-midi.

26

Le Père Brown avait étendu Stella sur sa couchette, à l'arrière du camping-car. Il avait mouillé un torchon avec une bouteille d'eau et le passait sur le front de la jeune fille inconsciente. Il s'en était fallu de peu qu'ils percutent un poids lourd frontalement. Par chance, aucun véhicule ne les suivait, les roues avaient mordu la poussière du bas-côté avant que le prêtre parvienne à immobiliser le camping-car. Le phare avant droit avait heurté la base d'un panneau de signalisation, le verre avait éclaté, mais ce n'était pas cher payé compte tenu de l'acrobatie qu'il avait dû faire pour ne pas finir dans ce fossé charriant une eau saumâtre, épaisse comme de l'huile de vidange.

Le Père Brown cherchait à entendre le cœur de Stella, collant son oreille à sa cage thoracique. Son pouls pulsait, mais le cœur ne faisait aucun bruit, son souffle s'exhalait en de brefs soupirs, était-ce l'âme ? Peut-être que c'était comme ça qu'elle s'y prenait pour mourir, façon Dame aux Camélias ?

Il tapota encore les joues de Stella, puis laissa tomber et alluma une Marlboro. Les voies du Seigneur sont effectivement impénétrables, et il en fallait de la patience et de l'abnégation pour, éventuellement, y comprendre quelque chose, un jour.

De temps à autre, des camions les dépassaient et le déplacement d'air faisait bouger le mobile-home. Le Père Brown songea que c'était là que ça se passait, les miracles et le reste, sur ce lit, avec cette fille abandonnée, absolument démunie, qui se donnait pour quelques dollars.

Stella la putain.

Et lui était là, ne sachant si elle vivait encore ou si elle était sur le point de mourir, incapable de quoi que ce soit. Après tous ces efforts, ça finissait par un bête accident, et il s'en voulait à mort de ne pas avoir su la protéger. Ses doigts se nouèrent les uns aux autres, la prière serait son seul réconfort.

Il suffisait d'y penser pour qu'elle ouvre les yeux, désorientée – ces forces contraires qui souvent se jouent de nous –, et qu'elle dise :

« J'ai le cœur à droite, Brown. C'est pour ça que vous ne l'entendez pas. J'ai le cœur à droite et Santa est morte. Je le sais, j'ai eu une vision. Elle est morte. »

Le Père Brown ne répondit rien. Il était soulagé qu'elle se réveille. Si Stella était morte, elle aussi, ainsi foudroyée, le monde aurait perdu quelque chose. Il aurait davantage penché vers l'obscurité. À sa manière, Stella contribuait à y apporter un peu de sa lumière.

Elle ne chercha pas à se relever, elle ne pleura pas non plus. Il y avait juste deux grosses larmes en suspens au bord de ses yeux. Elle tourna son visage vers lui.

« Père Brown ? Donnez-moi votre main... »

Il tendit son bras, se laissa faire. Une main dans la vôtre, fermez les yeux, voilà ; le toucher, réfléchissez-y bien, une main dans la vôtre quand cette main vous dit quelque chose, quand elle palpite, peu importe qu'elle soit douce ou rêche ou froide ou tiède, peu importe, quand cette main serre la vôtre, qu'elle demande, comme une quête, un peu de compassion.

Une main, songez-y : c'est immense.

« Père Brown, je sais que vous tournez autour du pot, que vous essayez de ne pas aborder le sujet, mais écoutez-moi :

je ne veux pas être une sainte ni touchée par la grâce, je ne veux rien de tout ça. Je veux juste continuer à être ce que je suis, rien d'autre que ce que je suis, et qu'on me laisse en paix. »

Le soir était tombé, le Père Brown voulait mettre un maximum de kilomètres entre eux et les frères Bronski. Il aurait souhaité aborder cette discussion à un autre moment, ou carrément l'éviter s'il l'avait pu. Le monde était vaste, si vaste que le bien et le mal réussissaient à y cohabiter dans toutes leurs nuances. Mais aussi vaste qu'il fût, l'un ne pouvait échapper à l'autre. L'un ne pouvait exister sans l'autre. Les récentes recherches démographiques estiment à plus de 108 milliards le nombre total d'êtres humains ayant vécu sur Terre. En dehors des quelque 547 individus ayant voyagé dans l'espace, personne n'a jamais échappé à l'attraction terrestre. Nos vies, nos corps, ce qu'il reste de notre poussière et de nos atomes. Tout est là depuis le début. Et avec, l'illusion un peu folle que tout ceci a un sens. Rien n'échappe à la force de gravité, ni les sentiments, pas plus que les idées. Corps et âmes retenus sur terre. Rien ne s'échappe au-delà de quelques dizaines de kilomètres autour du monde, l'atmosphère comme un voile posé autour de la Terre, cette prison depuis laquelle on peut distinguer les étoiles. Et en rêver la nuit, les yeux ouverts, la nuque douloureuse à force de lever la tête là où d'autres réalités se superposent et se confondent, ces distances que nous ne parcourrons jamais, ces milliards de milliards de kilomètres à traverser sans fin, l'espace en expansion. Il aurait pu lui dire, aussi, le Père Brown, que notre corps contient l'essentiel de toute la matière recensée à ce jour dans l'univers. Que rien n'existe en dehors de nous. Que tout existe en dehors de nous. Que cela devrait suffire pour nous rassurer. Le problème, pensait le Père Brown, c'est que cette fille focalisait l'attention sur elle, mais que, l'air de rien, elle balayait les certitudes fragiles que lui-même s'était forgées pour tenir jusqu'à la fin, jusqu'à la libération de l'âme, de l'âme prisonnière sous le ciel étoilé.

Car il existe le libre arbitre.

Et dans ce cas, Dieu est-il un obstacle ou une forme supérieure d'émancipation ?

« Je n'ai pas de réponse, Stella.

— Et pourtant, il m'en faut une. J'en ai besoin pour continuer à vivre.

— La grâce n'est pas une malédiction, Stella.

— Mais ces hommes, ceux qui veulent me tuer ? Ils ne s'arrêteront jamais, n'est-ce pas ? Il me faudra toujours les fuir ? »

Le prêtre ne répondit rien.

« Père Brown ! »

Il détestait ces moments où il fallait leur dire la vérité, comme s'il pouvait assumer ça, leur désarroi au moment de constater qu'aucune issue n'était possible en dehors d'une foi aveugle.

« Au moins toi, Stella, tu as cette possibilité. Leur donner une seconde chance, les guérir, leur permettre de continuer. Les sauver...

— Je n'ai rien demandé.

— Ces choses-là arrivent, c'est tout.

— C'est tout ? »

Le Père Brown plia le bout de sa cigarette dans le cendrier Jack Daniel's.

« Entre la grâce et la malédiction, la frontière est ténue. »

Une affirmation comme une sentence.
Ça fait toujours son petit effet.

27

La convergence obéit à une logique, à une forme d'évidence : suivre les forains pour trouver Stella.

Les frères Bronski, les Éclopés.

La caravane de Santa Muerte en point de mire.

Et maintenant, Luis Molina.

Arriver trop tard – ça, c'est un truc, dans la vie, à vous donner des regrets. Pire que de ne pas arriver du tout. L'ironie qui vous fait mesurer ce que vous avez manqué.

Et il vous reste les yeux pour pleurer.

Le tableau est une *Pietà*.

Tarzan. À genoux. Dans ses bras noueux et secs, le corps inerte de Santa, le crâne ouvert, la tête renversée, bouche béante figée dans la stupeur. Les mains de l'homme sont rouges. Parties de son visage aussi, la joue, le front, les lèvres, celles qui ont touché le sang pour un dernier baiser. Au pluriel : inutiles baisers sur l'absence, celle d'une perte brutale, définitive, vulgaire et fardée de sang.

Dans le jeu des clairs-obscurs, Luis Molina aurait de quoi faire un autre de ces clichés qui marquent leur temps. Mais il lui manquait le cynisme, Dieu merci, il lui manquait le détachement et le cynisme des grands reporters.

Il ôta sa casquette décolorée des Marlins de Miami. Prit un tabouret, s'assit un peu à l'écart et attendit. Il attendit en regardant le vieil homme pleurer, son t-shirt aux manches coupées, son jean crasseux et troué qui aurait pu tenir debout tout seul – qui soutient qui, l'homme ou le pantalon ? Sa poitrine creuse, son tatouage dérisoire sur l'épaule gauche – une ancre –, qu'il masquait à chaque spectacle quand il était jeune, un large sparadrap couleur chair. Quand il grimpait tout là-haut, au sommet du chapiteau, et qu'il contemplait un public stupéfait, avant de plonger pour sauver Jane Porter des griffes de lions faussement affamés.

Désormais, l'Homme qui pleure n'était plus tout seul chez les forains. Un autre était là, venu lui prêter main-forte.

Sur son tabouret, Luis Molina comprit qu'entre lui et son Pulitzer, venait de se dresser un obstacle majeur. Au-delà de l'anecdote, Stella était dans la nature, et Santa n'était plus là pour lui dire où exactement.

28

Le même soir, les jumeaux tirèrent au sort. *Pierre, papier, ciseaux.* C'était de nouveau à Billie de s'y coller.

« Putain, Mike, j'ai la poisse.

— Cool, frangin. Pendant ce temps, je fais le plein et je prends des bières fraîches.

— Elles seront chaudes.

— Quoi ?

— On est dans un comté où la loi interdit de vendre des bières fraîches dans les stations-service ou ailleurs.

— Sans blague ?

— C'est leur méthode pour réduire la mortalité sur les routes.

— Mais, putain, Billie, nous *sommes* la mortalité ! »

Déçu, Mike remonta dans la Camaro et amorça une manœuvre vers les pompes à essence.

Billie rejoignit la cabine téléphonique à l'écart du drugstore. Sortit les piécettes de sa poche (distributeur de boissons, appels longue distance, différents usages, même pot commun), composa le numéro. Il se trouvait ridicule d'avoir les mains moites, lui qui n'avait peur de rien, mais cette femme le mettait mal à l'aise dès qu'il entendait sa voix.

À l'autre bout du téléphone qui sonnait, Brenda Moore lançait des morceaux de bœuf à Kali, sa panthère noire, dans cette partie du loft délimitée par des barreaux en métal. Ça sentait le fauve mêlé au Shalimar, mais voir le félin déplier ses muscles sous le pelage noir à en devenir bleu, compensait le désagrément olfactif. Une perfection de la nature que Brenda ne se lassait pas de regarder. En général, elle attendait que la bête soit parfaitement rassasiée avant d'ouvrir la cage pour la caresser. Inutile de préciser que ce téléphone sonnant pile au moment des agapes de son fauve l'agaça particulièrement. Les mâchoires de la bête arrachaient la viande juteuse et crue, la faisant saigner encore. En même temps, William Bronski n'était pas cet homme doué de la délicate prescience qui l'aurait fait se manifester à un moment moins incongru.

Conséquence : Brenda Moore articula un « Allô ?! » sec et rébarbatif.

Billie sentit sa vessie se contracter. On a beau s'endurcir, devenir le bras armé de la mort, il y a, comme ça, des peurs de l'enfance qui remontent à la surface, la maîtresse vache qui vous terrorisait en vous interrogeant debout, devant la classe.

Le tout était de se lancer, ensuite on verrait bien. De toute manière, il n'avait pas le choix.

« Bonsoir, Miss Moore, c'est Bil... William Bronski...
— Très bien.
— Pas tant que ça.
— Vous m'annoncez une bonne nouvelle, n'est-ce pas William ?
— Ni bonne ni mauvaise.
— C'est-à-dire ?
— Plutôt un constat.
— Ah.
— La fille. Stella Thibodeaux...
— Pour l'amour du ciel, William, parlez !
— Eh bien, voilà, elle a disparu.
— ...
— Miss Moore, vous êtes là ? C'est quoi ce rugissement ?!
— Mon mari en rut. Je plaisante. Comment ça, disparue !
— On était sur le point de lui mettre la main dessus, et pfiiit ! On a dû la louper d'une demi-heure, pas beaucoup plus. Elle doit se planquer kek'part...
— Se planquer ?!
— Quelqu'un... C'est comme si quelqu'un lui avait causé, vous comprenez ?
— Vous voulez dire qu'on l'aurait avertie ?
— C'est ça...
— Mais... Comment est-ce possible ?
— Ben, vous voyez, c'est comme si on a notre petite idée là-dessus...
— De qui aurait pu l'avertir ?
— Pas forcément directement. Mais indirectement, ouaip.
— Donc, vous avez toujours une piste.
— Toujours, Miss Moore.
— Donc, tout va bien ?

— Tout va bien.
— Je ne dois pas me faire du souci, alors ?
— Aucun. C'est juste que ça va être un peu plus long, c'est tout. Ça ne change rien. Ni pour le contrat ni pour le reste.
— …
— Miss Moore ?
— Écoutez, William, celui qui fait appel à nos services est mon meilleur client, vous comprenez ?
— Je vois, ouaip.
— Qu'est-ce que vous voyez exactement ?
— Que votre réputation est en jeu.
— C'est ça, William.
— La nôtre aussi. On est dans la même barque.
— C'est ça. Je compte sur vous.
— Vous pouvez compter, Miss Moore, comme toujours.
— Parce que sinon, ça va chier dans le ventilo, Billie. Ça va chier grave ! »
Clic.
Et là, malgré lui, Billie mouilla son slip.

V

Triviale poursuite

29

Une Madone en Géorgie ?
La lente procession des Incurables
par
Luis Molina

Un bruit court. À peine audible à ses débuts, il s'est amplifié, devenant peu à peu une rumeur qui gronde dans la région. Et ce bouche-à-oreille devient le tam-tam des laissés-pour-compte. On se donne le mot, derrière lequel se cache un chiffre : cinq. Cinq hommes qui prétendent avoir été miraculeusement guéris par Stella Thibodeaux, une jeune prostituée de 19 ans dont la particularité serait de soigner en donnant de l'amour. « J'ai reçu la grâce de la Vierge par le corps et la dévotion de cette femme, prétend R. Elle m'a guéri d'une leucémie pour laquelle on ne me laissait aucun espoir ! » Autre témoignage de D. : « Après avoir été au contact de son corps, j'ai retrouvé l'usage de mon bras paralysé. » Alors qu'on les jugeait incurables ou condamnés, il semblerait que trois autres hommes aient recouvré leur santé suite à l'intercession de la jeune femme qui reste, pour l'heure, introuvable. Nous les invitons à contacter notre journal afin de recueillir leurs témoignages. Hystérie collective ? Imposture ? On aurait plutôt tendance à croire nos témoins qui se disent absolument sincères.

Depuis trois jours, maintenant, une longue marche des Incurables s'est formée et converge vers le camp des forains installé à Fernandina Beach.

Stella Thibodeaux avait l'habitude de suivre le chapiteau des saltimbanques, là où a été retrouvée assassinée il y a 24 heures, Maria Santa de Las Cruces. La voyante, semble-t-il, était très proche de la jeune femme.

Ces événements sont-ils liés ? Une secte satanique s'en prendrait-elle à Stella Thibodeaux et à son entourage ? Magie Noire contre Magie Blanche ? Du reste, une série de détails indiquerait que...

Jeremy Carter laissa tomber par terre le *Savannah News*. Allongé sur la table de massage recouverte d'une housse oléofuge et hydrofuge, le visage coincé dans le rembourrage de l'appui-tête, il leva péniblement un coude du repose-bras. Chaï, son masseur, comprit immédiatement la signification de son geste : il essuya ses mains huileuses et s'empressa d'aller lui chercher le Smartphone dans la poche de sa soutane. Carter, apercevant le petit cul ferme du jeune thaï, dut chasser une idée salement lubrique et contre nature, selon la Sainte Église et notre ami Paul de Tarse. Depuis qu'il avait parlé à Brenda Moore, ses sens s'étaient comme embrasés. À force de ne pas devoir y penser, il ne songeait qu'à ça, et ce petit connard de Chaï, avec son short ultra-moulant en élasthane, lui donnait des envies sodomites.

C'est donc avec une certaine animosité causée par la frustration qu'il composa le numéro de cette salope qui l'avait mis en rut.

C'était une ligne rouge, inutile de s'annoncer. Carter attaqua de but en blanc : « Qu'est-ce qu'ils foutent, vos deux lascars ? »

(Chaï huila la paume de ses mains et se remit au travail, pressions fluides sur les lombaires.)

« Un léger contretemps, Jeremy, mais ils sont sur l'os, ils ne lâchent rien... » répondit Brenda sur un ton se voulant chaleureux.

Jeremy. Carter n'aimait pas qu'elle l'appelle par son prénom. Ça sonnait comme un aveu d'impuissance, une façon subtile de chercher à l'amadouer. En même temps, il pourrait peut-être en tirer parti et réussir un jour à lui faire écarter les jambes, qui sait ?

« Et ce journaliste, il sort d'où ?

— Molina ? Ils s'en occupent dès que possible. Il est sur la liste des courses, lui aussi. Ah ! Ah !

— Je vous laisse vingt-quatre heures, Brenda. Sans ça, je vais devoir prendre une décision radicale et m'adresser à une autre agence. Et bien à regret, croyez-moi.

— Des menaces ?

— Du gâchis, Brenda. Du potentiel non exploité. Une poésie tronquée dans son devenir. Tout ce qui est généralement bâclé et nous laisse sans voix et dépités.

— Vous parlez comme un oracle, Carter.

— Ce sera bien concret si vous ne retrouvez pas cette jeune femme au plus vite. Je la veux sainte et martyre. La Sainte martyre des putains. Son destin est entre vos mains et je compte sur vous pour qu'il soit sanglant. »

Fin de la communication.

Carter sentit les mains de Chaï s'étendre sur ses fesses, les malaxer avec obstination, et il ne savait plus quoi faire. Laissons-le donc aux affres de son doute, qu'il se démerde avec. Jésus n'a-t-il pas affronté Satan une nuit entière dans le désert ?

Et retrouvons Brenda roulant dans sa limousine, quelque part sur Terre, le téléphone encore chaud dans ses mains, pensive. Elle gérait tout un tas de problèmes depuis sa Cadillac. Une sorte de bureau sur roues, rester mobile, alerte, attentive. D'autres hommes, d'autres femmes, ailleurs, tout le temps. Et des clients impatients pour lesquels donner la mort équivalait à une signature sur un chéquier. Une équipe à sa solde et sous ses ordres, s'occupant de sceller le sort d'individus considérés par d'autres comme désormais superflus. Et son pouvoir, aussi étendu fût-il, ne l'exemptait pas, elle-même, d'être au service de couillons comme Carter et son patron en robe blanche.

30

Ils étaient revenus. Et, d'une certaine façon, Malone savait que, tôt ou tard, ça partirait en cacahuètes. Avec certains spécimens, y a pas moyen que ça se passe autrement, ce sont de vrais maléfices. Dès que l'un des frères Bronski poussa la porte du *diner*, un coup d'œil sous le comptoir lui confirma la présence de sa batte de baseball.

Une fin de matinée tranquille, un couple de jeunes flirtant dans un box, deux piliers avinés au fond du bar, aucun *biker* à la ronde. Le bonhomme avait calculé son coup, choisi l'heure creuse propice aux confidences. Il s'assit sur le même tabouret que la fois précédente, demanda une bière, demanda aussi s'il se souvenait de lui.

« Ouais, bien sûr, répondit Malone. Une gueule comme la vôtre, ça s'oublie jamais.

— C'est ce que les gens disent en général.

— Faut croire que je suis comme tout le monde. »

Michael Bronski émit un petit bruit de bouche comme quand on a un filament de poulet coincé entre les incisives. Malone le laissa faire, évita de demander s'il était venu seul, mais c'était peine perdue, car le frère Bronski avait lu dans ses pensées.

« Ben, justement, mon frangin, il aurait bien goûté une bonne Schlitz glacée, mais ces temps-ci, il perd à chaque coup à *pierre, papier, ciseaux*...

— C'est pas de chance, ouaip...

— Parce que tu vois... Au fait, c'est quoi ton nom ?

— Malone. Frankie Malone.

— Parce que tu vois, Malone, avec Billie – Billie, c'est

mon frère, moi c'est Mike – avec Billie on s'est dit qu'un gars a sûrement dû faire des déductions dans sa tête, et prévenir un de ses copains qu'on cherchait la fille des miracles...

— Possible, on vit dans un monde où les gens se connaissent. Les gens qui sont tout le monde...

— ...Tout à fait. Et nous, la Théorie du petit monde, c'est presque notre philosophie, tu vois ? Une sorte de boussole. Bon, je continue : le copain en question, l'ami du premier gars s'est donc dépêché d'avertir la fille que les frères Bronski la cherchaient... Tu me suis ?

— Absolument.

— Résultat, on n'a pas pu la trouver et ça retarde notre planning de la semaine.

— Je sais peut-être pas tout, mais je suis d'accord dans les grandes lignes : parfois, la vie est compliquée, ça, y a pas à chier. Une autre bière ? C'est ma tournée.

— Merci, Malone. Et t'inquiète pas, tu vas vite comprendre. Avec Billie, on pense que le gars, le premier donc, celui qu'a averti son copain, eh bien, c'est toi...

— Naaan !

— Comme je te dis. Comment ils appellent ça, les flics ? Une intime conviction ? Voilà, on a *l'intime conviction*, Billie et moi que Frankie Malone nous a mis des bâtons dans les roues. Quesse t'en penses, toi ?

— Que vous avez p'têt pas tout faux, non.

— Ben, ça fait plaisir à entendre, tu vois ? Quand l'intime conviction colle avec la réalité, on se dit qu'on n'est encore pas complètement cons. Et pis, les gars francs du collier, on aime bien ça, chez nous. »

Malone attendit que Mike termine sa bière – le respect du

client était une règle d'or de son établissement – avant de décréter : « Ben, maintenant qu'on a résolu le problème et que tout le monde a dit ce qu'il avait à dire, tu peux foutre le camp, Mike. Qu'esse t'en penses, toi ? »

Michael Bronski regarda Frankie Malone droit dans les yeux, opina du chef, laissa échapper une esquisse de sourire. Il essaya encore d'éliminer le filament de poulet en retroussant ses lèvres, répétant ce bruit de succion désagréable, sans résultat. Mike prit son temps, posa ses deux coudes sur le comptoir, approchant son visage de celui de Malone qui semblait plus petit que d'habitude derrière son comptoir. La main du barman se referma sur la batte posée sous le zinc.

« Que t'étais un coriace, ça on l'a pigé tout de suite, tu vois ? C'est un truc qu'on s'est dit avec mon frère. Pas besoin qu'on se casse le cul, naaan. On a pensé plutôt à prendre le problème par la tangente.

— Tu causes trop, Mike. Faut foutre le camp, main'ant, j'ai du boulot.

— Attends, Malone, je te montre juste un truc, et puis tu décides quoi faire, d'accord ? »

Michael Bronski sortit son Smartphone de la poche de sa veste à la Buffalo Bill. Avec ces petits bijoux d'applications, il n'y avait même plus besoin de causer. Les images parlaient d'elles-mêmes. Mike posa l'appareil sur le comptoir, le tourna dans la direction de Frankie. On voyait une vidéo de Margot attachée sur une chaise, bâillonnée et en sous-vêtements. (Frankie Malone n'avait jamais vu Margot déshabillée, et il devait admettre qu'elle était sacrément bien foutue pour ses cinquante balais.) À côté d'elle, Billie se tenait debout, les mains croisées devant lui comme un enfant de chœur, tenant une tronçonneuse à bout de bras, la scie pointant vers le sol. Les images ont défilé pendant une dizaine de secondes avant de revenir au début en affichant le signe « play ».

« J'ai pas mis le son pour pas déranger ta clientèle. On entend des gémissements plutôt désagréables sous le scotch, des bruits de gorge ouaip, mais si t'agrandis l'image, je pense qu'on voit quand même assez bien la terreur dans ses yeux. »

Un des poivrots du fond laissa échapper un rot caverneux. En dehors de ça, rien n'avait bougé, les deux jeunes continuaient de se peloter, impatients et sourds au désarroi du monde.

« Alors t'en penses quoi, Malone ? »

Frankie fut saisi d'une immense tristesse, une sorte de mélancolie qui n'avait rien à voir avec la peur, mais plutôt avec l'inquiétude et le sentiment de perte. À ce moment précis il comprit qu'il était amoureux de Margot depuis des années sans jamais se l'avouer. Et maintenant, il était sur le point de la perdre, de perdre son amour avant même de lui en avoir parlé. Mais surtout, Margot allait terriblement souffrir à cause de lui. L'amour se transformait ainsi en torture, celui qui aimait faisait souffrir l'être aimé, d'où l'insondable mélancolie qui l'empêchait de réagir et se mêlait à l'effroi.

« Prends ton temps, Malone. Je sais que c'est dur, je partage ton fardeau », fit Mike.

Le barman se décida enfin :

« Si je vous donne un nom, qui me dit que vous la relâcherez ? »

Michael Bronski se décida à passer un ongle entre ses dents. Il en extirpa, enfin victorieux, un mince filet de viande blanchi par le long séjour dans sa bouche. Du poulet, effectivement. Il le considéra d'un regard satisfait, puis sortit sa langue et se décida à l'avaler. Les événements reprenaient leur cours.

« Tu as ma parole, Malone.

— C'est tout ?

— T'as pas d'autre choix que de parier : est-ce que je suis un sadique qui tient parole, ou un sadique tout court. »

31

Dans le grand désordre du monde, qui comprend aussi du bruit, et des odeurs, et des voix qui se superposent pour ne rien dire d'essentiel – ou simplement de drôle ou de valable ou de sensé –, dans ce bordel multiple de contradictions et de redondances, d'actes manqués, de ratages et de défaites, de mains levées au ciel et de sourires confiants, dans cette cacophonie d'humanité émouvante de vanité et de veulerie – parfois capable de générosité, et d'altruisme – dans cette glaise où une musique soudain nous emporte et nous dépose un peu plus loin dans le voyage de l'âme, eh bien dans ce foutoir généralisé où l'on cherche, on se défend et lutte, il y a nécessité, tôt ou tard, de finir cette phrase, exactement là où Stella Thibodeaux ne pouvait s'empêcher d'accomplir un miracle.

Ils se trouvaient dans les environs de Sopchoppy – qui n'est pas le nom d'une friandise, mais celui d'une ville de 470 habitants située dans le comté de Wakulla, État de Floride. Ils avaient mis plusieurs centaines de kilomètres entre eux et leurs poursuivants, mais il fallait – il le faut bien, à quoi bon raconter des histoires sinon –, il fallait que

Stella et le Père Brown se restaurent, mais surtout que Stella soit prise de compassion, et fornique en douce dans les toilettes d'un Kentucky Fried Chicken alors que rien, mais alors rien au monde n'était plus inapproprié, si ce n'était de sauver une vie au rabais.

Bref, on balance entre la connerie magistrale et l'absolue générosité du geste.

Le type, un Noir nommé Sandmann Johnny était atteint d'emphysème pulmonaire et mangeait « *un Bucket de 11 Tenders, de savoureux filets de poulet croustillants à l'extérieur et tendres à l'intérieur, servi avec trois sauces* ». Stella l'avait repéré avec son tuyau en plastique dans les narines et sa bombonne d'oxygène rangée dans son sac à dos Eastpack. Elle avait attendu que le Noir se rende aux toilettes, et le Père Brown n'avait rien vu de son manège. À sa décharge, sa vie de contrition dépourvue de toute présence féminine depuis de si nombreuses années l'avait rendu beaucoup moins réceptif à la malice qui fait aussi le sel de la vie.

Stella était revenue s'asseoir pour terminer son coca, les vaisseaux sanguins de ses pommettes un peu plus rouges et dilatés, mais c'était tout, quasiment indétectable à l'œil nu.

« C'est quoi ce calepin, Stella ? D'où vous sortez ça ? demanda Brown.

— Rien, je note des choses à moi, répondit Stella.

— Une sorte de journal ?

— Pas vraiment.

— Et là, tout à coup, ça vous prend et il faut que vous écriviez de toute urgence dans votre " pas vraiment journal ", sinon vous allez oublier ?

— Ouais, si on veut, mais c'est à moi et je n'ai rien à vous dire de plus. »

Le Père Brown n'insista pas et lui demanda de l'attendre alors qu'il se rendait à son tour aux waters. Dans le corridor, il croisa Sandmann Johnny qui en ressortait, affichant l'air d'un homme ayant renoué avec la volupté.

Aussi trivial que ça.

32

Malone l'avait retrouvée dans une grange abandonnée, attachée sur cette chaise avec de l'adhésif argenté, subissant l'assaut des mouches qui, on le sait, sont obsédées par la viande. Margot y était assise, contrainte et nue, entière mais humiliée. Ses vêtements avaient été brûlés et gisaient devant elle en un petit tas informe, amalgamé par les flammes. On n'avait rien pris de son corps, ni doigt ni oreille amputés, mais sa dignité ; sa beauté grotesquement révélée par cette position ingrate, les chairs et la peau boursouflées par le scotch épais, la chevelure ébouriffée, les traces de lutte sur sa peau salie par les hématomes et la poussière. Et les yeux débordant de larmes, sillons de mascara noir sur les ridules ciselées par le temps.

Frankie ôta d'abord délicatement l'adhésif de sa bouche comme l'avait fait le père Brown au chapitre 20 pour Stella. Il y a ainsi des récurrences intimes, les mêmes gestes répétés par des hommes envers les femmes, des amours différents convergeant vers de sublimes banalités.

En barman prévenant, il avait pensé à apporter une bouteille d'eau qu'il lui donna aussitôt à boire par brèves gorgées patientes. Son geste portait toute la compassion dont il était capable. Margot tendait son cou, sa pomme d'Adam se soulevait sous la peau encore plus mince à cet endroit – un de ces recoins délicats où le corps est la vitrine de nos faiblesses. Elle était encore attachée, mais l'urgence était de boire avant l'évanouissement et la chute. L'eau coulait aux commissures de ses lèvres, roulait jusqu'aux bords de ses seins. Et s'il y a un moment où l'avidité peut être belle, c'est maintenant, dans ce simple fait d'accueillir le geste d'un homme donnant à boire à une femme absolument vulnérable et rendue fragile ; c'est pour un tel moment de grâce que je suis né en Verseau. Et pour le dire, que je suis devenu écrivain.

Maintenant, il fallait que Malone la détache et lui rende sa liberté. Mais avant, il voulut lui dire, profiter un peu lâchement de la pleine attention de cette femme, elle, Margot, à la merci des mots qui sortent parfois avec lenteur, qui arrivent de très loin aussi, parce qu'ils ont été pesés à l'aune de l'expérience, toutes ces années passées à vivre, la pointe de nos âmes comme des sismographes.

« Je t'aime, Margot. »

Voilà, c'était dit. Et, temps suspendu, Margot – cette femme dont on ne sait rien du passé, ce passé qui nous importe peu, finalement, ce qu'elle est nous suffit – Margot en oublie les liens qui la retiennent. Quand quelqu'un dit vous aimer, il mérite l'attention le temps d'une arythmie, la mobilisation totale de votre attention au moins le temps d'un battement de cils, même si l'amour en question n'est pas partagé.

« Et moi, j'en aime un autre, Malone. »

Frankie le savait, mais il avait fallu qu'il le dise, à quoi bon garder cela pour soi ? Un jour, qui sera peut-être une nuit, on finira par crever et si on ne l'a pas dit, on aura été égoïste. Parce que tout ce qui n'est pas dit est perdu.

« Mais tu m'as sauvé la vie, mon barman-boxeur. Et ça vaut la peine que je réfléchisse si je ne te dois pas tout de même un peu de mon âme et de mon corps. »

Frankie Malone aurait pu en rester là, et attendre patiemment de récolter les fruits d'un amour au rabais – prendre ce qu'on peut, tant qu'on peut, ce qui est une manière, à partir d'un certain âge, de voir les choses avec moins de panache et plus de lucidité. Sauf que, en plus de ne pas reculer, de ne rien lâcher, jamais, que ce soit sur un ring ou ailleurs, Malone était persuadé que l'honnêteté était une qualité permettant de tracer des lignes claires dans l'existence.

« J'ai merdé, Margot, tu ne me dois rien du tout. J'ai dit un truc qu'il fallait pas aux mauvaises personnes, et c'est retombé sur toi. Je ne te sauve pas la vie, je viens m'excuser et remédier au gâchis que j'ai causé. »

Malone termina de la détacher, et la première chose qu'il reçut en contrepartie, fut une gifle donnée par une main habituée à le faire : paume humide, éclat sonore sur la joue entière et sur cette partie de l'oreille qui déclenche un larsen aigu dans le tympan, inaudible par le monde alentour. Une forme de solitude par la violence.

Mais également, dans la foulée : un corps qui se presse contre le sien et demande à ce qu'on l'embrasse de tous nos bras, parce que parcouru de soubresauts, causés par la terreur et les larmes.

« Nom de Dieu, Malone », murmura Margot, sa bouche empêchée par la chemise à carreaux du barman, le tissu rugueux sur sa langue. « Nom de Dieu. »

Il comprenait ça.

Lui aussi avait connu la peur.

Et cette gifle était une forme d'amour par son contraire. Et la peur était de l'amour. La violence, parfois, aussi.

Alors, ils en restèrent là. Margot, avec sa nudité et ses larmes. Malone, avec sa chemise en coton et sa dévotion.

Enlacés, terrifiés et incongrus.

Chacun pour des raisons différentes.

Des raisons à soi.

33

Dites trente-trois et toussez fort. C'est un peu le hasard qui veut ça, mais ça tombe précisément au début de ce chapitre, et dans un léger accès de dépression, où les mots sont à la fois vains et apparaissent comme l'ultime rempart à la déroute ; ce moment où j'aurais envie de m'en foutre de l'histoire tout en continuant à l'écrire. Ce qui ne serait pas par manque d'imagination, mais par simple inertie, le confort de l'art pour l'art, un roman qui perdrait petit à petit son intrigue, lâche parce qu'éminemment littéraire.

Mais il y a Sandmann Johnny. Il y a le jazz, la malice et le sel de la vie qui, parfois, devient sucre sur la langue. Il y a la nécessité de la musique ayant couvé sous la braise de la frustration car le souffle avait manqué.

Alors, le saxophoniste revient ce soir dans son club où il n'était plus considéré que comme un souvenir ; lorsque le corps vieux et malmené empêche l'action et qu'on se met à raconter comment c'était quand on pouvait encore. Quand on ne fait plus que causer parce que la vie est ailleurs, comme quand on écrit parce que tout ce qui n'est pas dit se perd.

Les clients attablés, les clients debout, même ceux qui lui tournent le dos, le voient d'abord arriver marchant d'un pas alerte grâce au grand miroir derrière le bar. Ce qui est en soi, déjà, un petit séisme pour la communauté locale flottant dans un nuage de nicotine. On le voit ensuite sans sa bombonne à oxygène, l'humiliante excroissance qu'il emportait avec lui dans un sac à dos effiloché, lui, l'infirme. On le voit enfin poser l'étui rigide de son instrument et l'ouvrir au pied de la scène où personne ne joue plus, car Sandmann Johnny a attendu cet instant où la musique s'est tue après le concert, où la lumière crue épouvante les poivrots – quand le futur se résume au dernier verre qu'on repousse pour ne pas affronter seul le restant de la nuit, ces derniers mètres d'obscurité qui vous font parfois dire que la vie est cruelle.

Un silence stupéfait précède le vieux Noir.

Il fait grincer les trois marches menant à la scène sous son poids et les chaussures bicolores qu'il a sorties de son armoire où elles étaient rangées avec ses heures de gloire.

Il tient son saxo ténor à bout de bras, rejoint le tabouret où s'assoient les légendes.

Il regarde autour de lui, fixe le bec, souffle dedans, ce qui le fait saliver.

Car ce soir, il doit rendre grâce à ce coït qui, en soi, était déjà un miracle et dont l'intensité l'avait rapproché des étoiles. Il doit rendre grâce à ce supplément d'élan vital qui lui a été accordé par une inconnue dans l'éloge d'un plaisir solaire.

Sandmann Johnny a décidé de rendre l'émotion par l'émotion. On peut rencontrer la poésie dans les toilettes d'un Kentucky Fried Chicken. La poésie est potentiellement partout, tout le temps. On ne sort pas de la poésie.

À Sopchoppy comme ailleurs.
Sandmann Johnny souffla, tâtonna, chercha et trouva la première note de *Stella by Starlight.*
Et les suivantes, aussi.
Et alors, on écoute :

That's Stella by Starlight and not a dream
My heart and I agree
She's everything on earth to me.

34

Le téléphone vibra sur la table de chevet. Le petit Nokia ne deviendrait jamais un grand Smartphone, l'époque était à cheval entre l'analogique et le numérique, on ignorait encore si ce qui viendrait nous rendrait plus libres ou si ce serait pire. En revanche, il resterait une certitude : la bonne vieille gueule de bois traverserait les âges.

Luis Molina posa un pied au sol, la bouteille de tequila vide roula sous le lit au contact du talon crevassé du journaliste. Il dut faire un effort pour contenir sa nausée.

Son pouce appuya sur la touche verte.

Meredith Watson.

« Pas d'heure pour les braves, Molina. J'ai retrouvé la trace de votre sainte. »

Sa voix était tonitruante et volontaire, son timbre rocailleux piqua le crâne de Luis comme autant de reproches sous-jacents (paresseux, alcoolique et hondurien – d'accord, c'est moche en français, mais la faute à qui ?), accentuant son haut-le-cœur. Luis regarda la montre-bracelet qu'il avait posée près du téléphone. Les aiguilles luminescentes indiquaient 4 heures 15.

(Vous n'êtes pas encore sur la brèche, Molina ?!)

« Sopchoppy, abrégea Meredith. Un musicien du nom de Sandmann Johnny. Sax ténor ayant connu son heure de gloire au Birdland.

— Comment avez-vous fait, Madame Watson ?

— Et vous, comment croyez-vous que j'ai survécu, laide comme je suis ? Bougez-vous les fesses !

— C'est que j'avais promis à ma femme de rentrer et...

— On le veut, ce putain de Pulitzer, Molina, oui ou merde ? Vous incarnez désormais mon rêve, ma dernière possibilité de grandeur. Vous êtes le seul qui puisse toucher la limite du ciel. Maintenant, prenez votre café et mettez-vous au travail, espèce de Sud-Américain ! »

Elle raccrocha, ses doigts déformés par l'arthrose refusaient de quitter le combiné. Nom d'un Jésus, ouais, c'est ça : il avait fallu que ça tombe sur un Hondurien (hondurien, bon à rien), à la peau mate et râblé. Et il avait fallu que ça lui arrive à elle, une pure WASP, de confession mormone et fièrement consanguine.

Meredith Watson alluma une cigarette.

De l'autre côté, Luis se dépêcha d'aller vomir.

35

Seule une description faite par un de ces auteurs dits de *nature writing* serait en mesure de rendre grâce à cette matinée au bord du fleuve Apalachicola. Le père Brown en avait perçu les odeurs dès son réveil à l'aube, écouté les fragments sonores comme autant d'invitations au paradis des curés. Il avait fini par se lever et sortir de la tente monoplace dans laquelle il préférait dormir, puis il était descendu au village faire quelques emplettes et acheter le journal. Ayant troqué son complet noir de clergyman contre un jean et une chemise en denim, il n'y avait plus rien chez lui pour adoucir ses yeux bleus de tueur reconverti. Les cheveux gris coupés en brosse, sa carrure légèrement voûtée, les rides creusant son visage, tout chez lui indiquait l'ancien militaire. Ce qui ne déplaisait pas aux commerçants du coin pour lesquels ce genre de dégaine rassurait plus qu'elle n'inquiétait. La plupart affichaient un autocollant de la *National Rifle Association* sur un coin de leur vitrine.

De retour au camping-car, parqué en lisière de forêt et près de la rivière, James Brown (je sais, ça fait toujours drôle, c'est une question d'habitude, on finit par s'y faire) prépara une cafetière, des œufs au bacon et réchauffa des pancakes dans la poêle avant de les arroser de sirop d'érable. Il avait installé le camping-gaz sous un gigantesque séquoia, à l'écart du van afin de ne pas réveiller Stella. Il prit son temps : lut d'abord le journal assis sur une chaise pliante, fuma deux cigarettes et but une cafetière à lui tout seul.

Et maintenant, Stella.

Il plia donc le journal, et alla la réveiller. Il avait cru que passer quelques jours au vert leur serait bénéfique, il se trompait. La lecture des pages 2 et 3 du *Savannah News* avait rendu son café plus amer que de coutume.

Il ouvrit doucement la porte de la caravane – surtout ne pas l'effrayer, la petite en avait déjà assez bavé comme ça – et s'approcha du lit. Stella Thibodeaux était entortillée dans le drap, ses fesses fermes de jeune femme offertes à son regard. C'était parfois difficile d'être un homme, de réussir à contenir ses pulsions. Mais il n'avait pas été un *Navy Seal* pour rien. Leur devise : « La seule journée facile c'était hier. » Autrement dit, une application concrète et sémantique de la loi de Murphy où le pire est une certitude.

« Stella ? »

Il aimait prononcer son nom, c'est notre privilège que de le savoir, il aurait eu trop de gêne à l'avouer à quiconque. Il posa une main sur son épaule – ce velouté, mon Dieu, le contact avec une peau douce est un des grands plaisirs de la vie.

« Stella ? » répéta-t-il.

Elle se retourna, les cheveux devant les yeux et dans sa bouche, tous ces cheveux dont elle ne savait que faire, Stella évoquait l'abondance. Rectification : Stella *était* l'abondance. Tout ce que deux mille ans de christianisme bigot ont corseté. La générosité du corps, le don de soi, la vie pulsant dans ses veines, la force de vie, l'allégresse des constellations en expansion, des cellules qui se multiplient, et... Je m'emporte, désolé.

Le père Brown avait tout cela devant lui, ce corps ensommeillé qui balbutiait, bousculé par la lumière, et ses yeux d'ambre qui maintenant le regardaient, étonnés que cet homme soit encore là, pour la protéger et la chérir. Il y a cette petite peinture à l'huile d'Anton Romako, *Le Faune et la Nymphe*, et c'est exactement ça, leur duo. Il y a aussi des choses que la peinture dit mieux que la littérature, il faut rester humble. Dorénavant, on l'appellera Brown tout court. Ce qu'on nommait à tort « père » se dissolvait dans la nature comme un curé défroqué devenu faune, certains naissent dans un œuf Kinder, comme une génération spontanée, la filiation n'existe pas pour eux.

« Le petit-déjeuner est prêt. Habillez-vous.
— Il y a du soleil ?
— Oui.
— Alors, c'est une belle journée.
— Ça dépend pour qui. »
Bien qu'il s'efforçât de se montrer patient, Stella percevait la dureté dans le ton. Ou alors quelque chose de plus subtil et de blessant : l'agacement.
« Qu'est-ce qu'il y a James ? »
Brown posa le journal sur le lit, ouvert à la double page qui lui posait problème : une photo de Sandmann Johnny avec son saxo et une cigarette à la bouche. La légende disait : *Après une guérison miraculeuse, le plus célèbre phtisique du jazz se remet à jouer*. L'article était à nouveau écrit par ce Hondurien (77 % d'entre eux vivent dans la pauvreté, selon l'ONU). La jeune fille ne put s'empêcher de sourire, c'était bien lui, l'homme du KFC à qui elle avait rendu des poumons intacts, plus un seul *mycobacterium tuberculosis* pour en altérer le souffle musical.
« Si vous n'étiez pas une sainte, je dirais que vous êtes une salope, Stella.
— J'ignorais qu'il était musicien, je vous jure.
— C'est plus fort que vous, n'est-ce pas ? »
Stella baissa les yeux, honteuse. La nature est-elle le fruit de la volonté de Dieu ou faut-il la combattre et la soumettre ?
Brown : « On va changer notre fusil d'épaule, Stella. »
Tête basse, le menton sur le sternum, elle dit : « Il y a du café, Jimmy ?
— Du café et des cigarettes, oui. »
Brown n'avait pu s'empêcher de sourire, lui-même ne savait pas pourquoi.

« Vous savez, j'aime quand vous souriez comme ça, ajouta Stella. Et puis, cette chemise vous va bien. »

Son sourire s'élargit encore. Tout de même, la vie, n'est-ce pas ?

36

Simon II avait échangé sa soutane contre un survêtement crème. Sur la poitrine, juste au-dessus du cœur, était cousu le logo de l'équipe de football du Vatican. Au cours de sa vie, le pape avait dû shooter trois fois dans un ballon, ce qui ne l'empêchait pas de suivre assidûment l'équipe féminine du Saint-Siège. Il aimait observer les jeunes filles évoluer dans leurs maillots jaunes et cintrés. Cette jeunesse déterminée et aux muscles tendus sous les shorts blancs lui redonnait foi en l'humanité.

Simon II marchait sur le tapis roulant de la salle de sport. Il avait réglé la machine au niveau 5 (sur 10), avec une inclinaison à 10 %, histoire de solliciter davantage ses mollets. Il transpirait abondamment. Sans sa soutane, les mocassins blancs à talonnettes et l'habituel décorum qui le magnifiait, il paraissait ce qu'il était : un homme replet, de taille moyenne et à la calvitie prononcée.

Otto Mühl se tenait debout, légèrement en retrait de la machine, iPad à la main, prenant des notes au gré des décisions et des remarques que lui signifiait Sa Sainteté. Le secrétaire avait l'interdiction formelle de s'asseoir pendant l'exercice. Lui aussi portait des chaussures de sport à semelle compensée. Il arrivait parfois qu'il doive se tenir ainsi debout pendant deux heures et sans fléchir. Simon II s'obstinait à vouloir marcher jusqu'à l'épuisement. Il entrait le plus souvent dans une sorte de transe péripatéticienne qui le faisait délirer sur des questions allant du prosaïque (lubie gastronomique de 24 escargots de Bourgogne au menu du soir) à l'éthique (intégrer le concept d'intelligence artificielle dans l'Évangile selon Jean). Simon II était du genre à faire du sport uniquement pour pouvoir compenser les calories qu'il prévoyait d'ingurgiter, se goinfrant outre mesure quitte à le regretter ensuite, d'où une gymnastique à tendance expiatoire entre les repas de la veille et ceux à venir. En pieux catholique, Otto Mühl prenait sur lui le supplice de ses lombaires et genoux endoloris ; il offrait sa douleur en contrition afin qu'elle puisse apaiser celle de ses frères et sœurs en phase terminale dans un quelconque hôpital au personnel réduit pour cause de restrictions budgétaires.

Présentement, Otto Mühl était au seuil de l'évanouissement, il tenait par inertie et grâce aux mantras de prière intérieure, celle de François d'Assise était l'une de ses préférées, *Seigneur, fais de moi un instrument de ta paix, Là où est la haine, que je mette de l'amour, Là où est l'offense, que je mette le pardon, Là où...*

« Otto ?! » hurla Simon II.

L'adrénaline afflua dans son corps, une gifle à l'âme, la bonté soudain balbutiante au point d'en perdre son stylet et de s'infliger une génuflexion douloureuse pour le récupérer. Le secrétaire se ressaisit, esquissa un sourire déférent à l'adresse de Sa Sainteté tout en s'excusant de son inattention. Au fond de lui-même, il savait bien que le pire devait encore arriver.

Le souffle court, le regard voilé par l'effort mêlé à la

perspective d'une longue douche brûlante et d'un dîner à 2000 calories, le Pape aborda le fameux sujet, c'était maintenant :

« Et cette fille en Amérique, où en est-on ?

— Cette fille en Amérique ?

— Vous vous sentez bien, Otto ? »

Le ronronnement hypnotique de la machine pouvait altérer la fonction phatique, d'accord. En réalité, chercher à gagner du temps de cette manière était toujours un peu pathétique. Et pour quoi faire ? Que peut-on contre l'inéluctable ? Il ne lui resta plus qu'à passer un doigt dans son col romain amidonné et à abdiquer : c'est-à-dire révéler ce qu'on est, quitte à afficher un visage de 65 ans quasiment dépourvu de rides, mais jaunâtre à force de se faire de la bile.

« Alors ?!

— De trois, nous sommes passés à six cas en 72 heures... »

Simon II marqua une hésitation, le problème était que le sol en gomme continuait à se dérober sous lui à vitesse constante, il faillit tomber, se ressaisit sous le regard impuissant de son secrétaire, trop lent, trop loin pour lui tendre une main secourable. Simon II ahanait :

« Et... Et que fait le cardinal Carter ? Ne s'était-il pas engagé à régler ce problème avec, mmmh... tact ?

— Je n'ai pas de nouvelles, mon Altess..., heu, Sa Sainteté.

— Mais on en parle, n'est-ce pas ? On commence à en parler, cela fait tache d'huile ?

— ...

— Répondez !

— Un journaliste est sur l'affaire, oui...

— Un fouille-merde, vous voulez dire ! Otto, mon

podomètre indique trente-cinq mille deux cent vingt-sept pas, vous confirmez ?

— Je confirme : Sa Sainteté marche depuis une heure et quarante-sept minutes.

— Bien. »

Simon II stoppa son instrument de torture, en descendit titubant, saisit la serviette blanche pliée sur le tabouret. Son visage rougeaud disparut sous l'épaisseur du coton onctueux.

« Appelez-moi Carter.

— Pardon ? »

Le visage réapparut, rond et poupin. Otto Mühl ne savait plus s'il vénérait ou haïssait cette figure apostolique. Ces petits yeux, mon Dieu, ces petits yeux inspiraient la crainte et l'effroi.

« J'ai dit : appelez-moi Carter, *subito* ! Cet idiot gâche tout, mon sport et mon dîner. Ah, mais ça va barder, par la sainte pute ! »

37

Dans les situations extrêmes, les membres des *Navy Seals* sont conditionnés à ne pas envisager le futur au-delà de la demi-heure à venir. Modalité *sine qua non* de la survie. Stella ne comprenait pas pourquoi Brown – qu'il fût soldat des forces spéciales ou de Dieu –, lui imposait de ne garder que le strict nécessaire. Pour la jeune fille, le strict nécessaire équivalait à un sac à dos pesant une vingtaine de kilos.

« C'est encore trop lourd », fit Brown. Il s'accroupit et se chargea lui-même de virer tout ce qui n'était pas indispensable et de réduire le paquetage à l'essentiel. « Vous pouvez garder votre trousse de toilette.

— C'est vraiment gentil de votre part.

— Y a pas de quoi. »

Il enveloppa ensuite les liasses de billets dans un sachet en plastique, les enroula fermement avec du scotch et rangea l'argent dans une poche intérieure du sac à dos de Stella. Il fit pareil avec son propre argent et reboutonna la poche de sa chemise. « Avec ça, on peut voyager léger », ajouta-t-il en tapotant la poche en question. Lui-même emportait encore moins de choses dans son sac en bandoulière, si ce n'est les armes qu'il contenait, mais qu'il refusait de montrer à Stella pour ne pas l'effrayer.

« Super. Et maintenant, on fait quoi ? demanda-t-elle.

— Je conduis et vous restez tranquillement assise sur le siège passager.

— Je ne comprends absolument rien à ce que vous faites.

— Vous êtes en voyage organisé, je m'occupe de tout, ça vous va comme ça ? » Brown roula donc comme annoncé, empruntant une série de chemins à peine carrossables s'enfonçant dans le delta de l'Apalachicola river. Lorsqu'il atteignit un léger promontoire surplombant les marais, il arrêta le moteur et demanda à Stella de descendre avec les sacs. Quand elle fut suffisamment à distance, il appuya sur l'accélérateur et sauta au dernier moment, roulant sur lui-même comme un type qui a déjà fait ce genre de choses dans sa vie. Le camping-car traversa le vide et s'enfonça une dizaine de mètres plus bas dans l'écume boueuse de l'eau, effrayant les alligators. Sous le regard effaré de Stella, le camping-car mit moins de dix minutes à disparaître dans les sables mouvants. Ça lui fit penser à cette scène de *Psychose* avec Anthony Perkins, sauf qu'un camping-car, ça met plus de temps à couler, et c'est moins glamour qu'au cinéma.

« Vous… Vous avez détruit ma maison, James Brown. Vous. Avez. Détruit. Ma. Maison.

— Et si vous n'aviez pas forniqué avec ce Noir dans les toilettes, on n'en serait pas là, Stella Thibodeaux. »

38

« Sa Sainteté a les boules, pensa Jeremy Carter. Et ça, c'est pas bon pour mon plan de carrière. »

On envisageait le futur pape originaire du continent américain. Et du nord, si possible.

« Son Éminence a les boules, pensa Brenda Moore. Et ça, c'est pas bon pour les affaires. »

Le Vatican menaçait de trouver un prestataire plus efficace pour ses boulots de l'ombre.

« La Patronne a les boules, pensèrent les frères Bronski. Et ça, c'est pas bon pour notre réputation. »

Brenda évoquait l'hypothèse de sous-traiter avec des Mexicains du cartel de Jalisco dont les spécialités étaient les décapitations et les démembrements.

Effet pyramidal ou système de Ponzi.

Ainsi, mathématiquement : si une personne emmerde six autres personnes qui, à leur tour, emmerdent six autres personnes (et ainsi de suite), on constate qu'au palier quatorze le nombre des gens impliqués dépasse la population mondiale.

Donc : faire chier le monde est chose aisée.

CQFD.

Il s'agit de stopper l'hémorragie. Ce qui signifie qu'un certain nombre de personnes doit mourir. Et vite. Si on compte les six miraculés, Molina, Brown et, enfin, Stella, ça fait neuf.

« C'est pas la mer à boire, fait Michael en posant sa cannette de bière sur le comptoir.

— Dix, rectifie William en allumant une cigarette. Tu oublies le jeune Christ qui a failli casser notre vitre et voulu nous entuber de dix dollars.

— Exact, admet Mike.

— Et tu sais quoi ? continue Billie. Toi et moi, on a toujours préféré les chiffres pairs.

— C'est pas faux, conclut Mike. La symétrie, c'est l'équilibre. »

39

Brenda Moore avait repris les choses en main, fixant les priorités, répartissant les tâches pour une efficacité maximale. Il n'y a pas de multiples façons de faire. Et tout en éteignant sa cigarette dans le cendrier, elle constata une nouvelle fois que la vie était souvent bien banale, *l'événement, le drame sont rares dans la plupart des existences, l'homme dépensant à mesure et sans grand éclat la petite monnaie de ses jours et de ses incohérences.* Je sais, Brenda, ça coupe un peu ton élan, mais Alice Rivaz l'a si bien dit, que ça valait une incursion littéraire.

On reprend le cours du récit :

Suivre le protocole : d'abord museler l'information et remonter à sa source.

Maisonnette genre *shotgun* régulièrement entretenue et récemment repeinte ; crédit quasiment payé, deux paquets de cigarettes par jour, plats préparés à réchauffer au micro-ondes, et un matou pour tromper la solitude du soir.

La vie de Meredith Watson.

Toute sa vie en dehors de la passion pour son journal.

Parfois, on se demande pourquoi certains s'obstinent à vouloir des enfants, songea Brenda en sortant de sa Cadillac. Elle n'avait jamais compris à quoi servait la vie exactement; en même temps, elle ne pouvait pas cracher sur son fonds de commerce.

Lorsque nécessité faisait loi, il lui arrivait de s'occuper personnellement de certaines affaires. Elle aimait garder le contact avec la base de son métier, ne pas perdre la main. À force de déléguer, on oubliait la réalité du terrain et on ne savait même plus quel était le prix d'une miche de pain ou d'un ticket de métro.

Brenda ne voulait pas oublier combien il est difficile d'ôter la vie, ce petit cœur qui bat, vaillant, dans la poitrine d'une vieille peau mennonite.

Le plus simple était de passer par la porte de derrière, celle qu'on néglige toujours de verrouiller dans les films. La cuisine était impeccable, les torchons pliés, la vaisselle faite et rangée sur l'égouttoir. À part l'odeur persistante de nicotine, tout était propre, en ordre, une maniaquerie discrète, pourrait-on dire.

Elle emprunta le couloir menant au living, ne se soucia pas de ses talons claquant sur le parquet. Brenda Moore entrait où et quand elle voulait, personne ne pouvait l'empêcher lorsqu'elle décidait que l'heure avait sonné.

Mais il arrivait aussi qu'on puisse la surprendre. Et là, ma foi, certains faisaient preuve de panache. C'était le piment de son métier: la façon dont chacun d'eux affronterait ce moment, et avec quelle dignité. Dans le cas présent, Meredith Watson l'attendait avec un fusil de chasse posé sur ses jambes maigres recouvertes d'un plaid en mohair.

Brenda s'arrêta à quelques mètres de la vieille journaliste, pose sculpturale dans la lumière tamisée d'un abat-jour à motifs floraux, nature bientôt morte.

« Vous êtes très belle, fit Meredith de sa voix éraillée. On l'est toujours quand on choisit de vivre la vie qu'on a voulue.

— Sans regrets ni rancune ?

— Ni remords. Mais c'est plus difficile. Choisir implique nécessairement de faire souffrir au-delà de soi-même.

— Baissez cette arme, Meredith. Je suis venue en amie, pour autant que je puisse l'être.

— Vous me proposez un marché, c'est ça ?

— Vous appelez votre Hondurien (vie de chien), il renonce à cette enquête sur Stella Thibodeaux et je vous laisse vivre les années qui vous séparent de votre cancer du poumon, à vue de nez, je dirais cinq ans maximum. Qu'en dites-vous ? »

Meredith Watson laissa les mots retomber dans le silence, les lettres invisibles s'éparpillèrent au sol, les sons happés par le grand vide qui nous guette. Cinq ans, cinq années durant lesquelles elle ne ferait sans doute rien d'autre que ce qu'elle avait toujours fait, même si elles étaient les dernières. Ses yeux s'humectèrent, la dernière fois que Meredith avait pleuré, elle devait avoir six ou sept ans. Sans lâcher son fusil, elle sortit un mouchoir en étoffe de son giron, s'essuya les paupières, se moucha et prit le téléphone sur la table près du fauteuil. Brenda la regarda taper les numéros sur le cadran, patiente.

On entendait maintenant la sonnerie retentir, lointaine, dans le combiné.

Non, elle savait qu'elle ne ferait rien de plus de ces cinq années de ce qu'elle n'avait déjà fait.

« Allô, Molina ? Vous m'entendez ? Parfait, écoutez-moi attentivement : quoi qu'il m'arrive, allez jusqu'au bout de votre enquête et ne cédez jamais aux menaces, d'accord ? Jusqu'au bout, Molina ! »

Meredith Watson lâcha le combiné, pointa et tira à bout portant sur Brenda Moore qui accusa le choc et émit un petit cri de douleur en tombant à la renverse. Mais c'est la vieille qui s'affala sur sa chaise. Sa tête retomba sur sa poitrine, la lame du couteau fichée dans sa carotide.

Brenda se releva, s'approcha du corps inerte et alluma une des cigarettes du paquet posé sur le guéridon. Elle la fuma à moitié avant de l'écraser sous son escarpin. Elle retira son couteau à double lame Ka-Bar du cou de la vieille, abaissa délicatement ses paupières. Le sang finissait de couler lentement et sans bruit. Brenda se pencha et posa un baiser sur son front. Les cheveux gris de Meredith sentaient la clope et le shampoing sec.

Brenda Moore remit le combiné sur son support, sortit un mouchoir, effaça ses empreintes et quitta la maison par la porte principale devant laquelle l'attendait la Cadillac.

L'impact de la cartouche avait bousillé la veste de son tailleur Balenciaga recouvrant son gilet pare-balles. Dans d'autres situations, ça l'aurait mise en rogne.

Mais là, elle le jetterait et n'y penserait plus.

Elle était toujours à la hauteur, à l'arme blanche plus rapide qu'un fusil de chasse.

40

Les frères Bronski surprirent Robert Smith endormi dans sa voiture. Ils y mirent le feu, et va te purifier dans les flammes, toi et ton sens de la culpabilité.

Ils trouvèrent le jeune Christ faisant du stop au bord d'une *Interstate*. Il suffit que Billie fasse une embardée pour lui causer une trentaine de fractures entraînant la mort.

Ils attendirent Sandmann Johnny à la sortie du Maya Club et lui concoctèrent une overdose en intraveineuse à la Charlie Parker.

Les Bronski Brothers enquillaient comme s'ils étaient au bowling. On passe sur les trois miraculés restant parce qu'on ne les connaît pas. Ce qu'on peut dire, en revanche, c'est que les deux frangins leur réservèrent une sortie personnalisée, en lien avec les variables du temps, du lieu et du contexte social. Au fond, c'est une définition du faire du mieux qu'on peut avec les moyens du bord.

Les frères Bronski avaient traversé un moment de doute. Rien de mieux que l'action pour vous remettre en confiance. Retrouver les fondamentaux dans les gestes que l'on sait faire.

Le soir au motel, Billie nota scrupuleusement chaque cible dans son calepin ainsi que le mode opératoire utilisé. Sans le savoir, il faisait comme Stella. C'était leur façon de préserver le souvenir de chacun d'eux, car la fréquence mène à l'oubli.

Et puisqu'on en est au chapitre 40, que c'est un chiffre pair et que les deux frangins aiment ça, je propose qu'on fasse une ellipse et qu'on passe directement à la partie VI de ce roman américain écrit par un Suisse.

VI

Anges de la mort

41

« Maria ?

— Luis ?! Enfin ! *Amorcito*, où es-tu ? Ce n'est pas ton numéro qui s'affiche.

— Je suis dans une cabine.

— Pourquoi une cabine ? Luis, tout va bien ?

— Non, toi d'abord. Comment vas-tu, *querida* ?

— Bien, ça pousse. Le docteur m'a dit que c'est pour bientôt, deux à trois jours. Quand est-ce que tu rentres ? Pourquoi tu ne m'as pas appelée ? Je m'inquiète, Luis.

— Je suis vivant, je te parle. Tout va bien, mon cœur.

— Tu mens. Tu mens et j'ai envie de toi.

— Tu sais, parfois il arrive dans la vie ou dans un roman que l'un dise à l'autre de ne pas poser de questions...

— Et alors ?

— Alors, ce moment est arrivé.

— C'est à cause de ton enquête, c'est ça ? Luis, laisse tomber, tu vas être père, mon Dieu, ce n'est pas le moment de faire naître un orphelin !

— J'ai peur, Maria.

— Luis !

— J'ai peur, mais je ne peux plus reculer. Je dois trouver cette fille. C'est une sainte, tu comprends ? Une sainte, et elle *existe*. Quand est-ce que j'aurai à nouveau l'opportunité d'interviewer une sainte, Maria ? Dis-moi quelle était la probabilité que tout ça arrive pour de vrai ?

— Je m'en fous, Luis, c'est toi que je veux, et ton bébé a besoin de son père, *mierda* !

— Il faut que je tire mon billet gagnant maintenant, tu comprends ?

— Luis, arrête, tu vas jouer avec le diable, si tu continues.

— Maria, écoute-moi : si je ne vais pas au bout de cette affaire, je ne pourrai plus croiser mon reflet dans la glace.

— C'est si important que ça ? Plus que moi, alors ?

— Non, ça n'a rien à voir.

— Alors, prouve-le et rentre à la maison.

— Maria, cette fichue cabine bouffe toute ma monnaie, ça va couper, il faut que tu m'écoutes et tu ne dois plus poser de questions. Jure-moi, Maria.

— ...

— Maria !

— D'accord, Luis.

— Tu fais ta valise, et tu disparais.

— Quoi ? Mais tu es malade !

— Tu as juré, Maria ! Tu fermes la maison et tu vas chez ton oncle à Miami, je ne pense pas qu'ils te retrouveront là-bas, au milieu de tous ces Cubains. Et Miguel a un flingue dans lc tiroir.

— Luis, je ne peux pas prendre l'avion.

— Vas-y en car.

— Les soubresauts vont me faire accoucher.

— Mets ta gaine, mange de l'ail, j'en sais rien. Maria, je n'ai plus de monnaie. Sous le parquet de notre chambre, près de la commode, j'ai caché 500 dollars. Prends-les. Je te rappelle dans deux jours. Maintenant, dis-moi que tu m'aimes.

— Bien sûr, Luis.

— Dis-le-moi, bordel. J'en ai besoin.

— Je t'aime, Luis.

— Je t'aime, Maria. »

Voilà.

D'un côté, on les envie un peu ces deux-là.

Luis rejoignit sa voiture. Désormais, il allumait son téléphone uniquement pour écouter les messages, les frères Bronski étaient capables de vous trouver dans le trou du cul de Lucifer. Mais avec Maria qui allait accoucher sous peu, il ne pouvait se résoudre à se couper de sa femme. C'était son dilemme, à présent : son Pulitzer ou sa famille. Certaines situations sont vraiment mal foutues. Les journaux les plus importants l'avaient contacté : *New York Times*, *USA Today*, *Washington Post*... Il avait refusé leur offre, restant fidèle au *Savannah News* et à cette vieille peau morte de Meredith Watson. À l'heure qu'il est, sans doute que ces *cabrones* avaient lancé leurs meilleurs journalistes sur la piste. Il devait non seulement se cacher pour sauver sa peau, mais batailler ferme avec cette nouvelle concurrence pour son Pulitzer.

Trouver Stella Thibodeaux était la clé : une fois qu'il aurait bouclé son enquête, que l'article serait diffusé, il aurait les deux : la vie sauve et le Prix.

Difficile d'expliquer tout ça à Maria. Difficile de lui faire comprendre que ces motivations, aussi risquées soient-elles, puissent animer un homme.

Le monde, tel qu'il se présente, ne suffit pas.

42

À la sortie de *l'Apalachicola National Forest*, ils avaient bien dû perdre un demi-litre de sang chacun, les moustiques se ruant sur ce double festin inattendu. Stella avait eu beau s'asperger de lotion, les anophèles avaient tout de même trouvé des recoins où s'abreuver.

« La randonnée vous a plu ? » plaisanta Brown.

Stella ignora sa remarque, marchant vaillamment derrière lui, sans fléchir. La forêt s'éclaircissait, et Brown n'avait plus besoin de se frayer un chemin dans la végétation à coups de machette. L'enfer des marais n'était pas encore un vieux souvenir, juste un chemin à ne jamais parcourir en sens inverse. Mais traverser cette forêt marécageuse était bien plus qu'une simple stratégie pour semer leurs poursuivants. Lorsque le ciel fut de nouveau dégagé au-dessus de leurs têtes, la sortie de la sylve évoqua une renaissance. Sales de boue, hagards et éreintés, Brown et Stella se regardèrent et osèrent un sourire de soulagement.

Brown repéra une sorte d'anse à l'abri des courants et posa son sac sur la berge sablonneuse. Le soleil déclinait, la chaleur restait moite, mais on percevait sur la peau un arrière-fond de fraîcheur avec le soir qui tombait. Quinze heures de marche, une trentaine de kilomètres parcourus, et l'eau turquoise de la rivière appelait la trêve et le repos.

Brown sortit la petite tente du sac et commença à la monter.

« On dormira tous les deux là-dedans ? s'étonna Stella.

— Je vois qu'on a retrouvé l'usage de la parole. Oui, à moins que vous préfériez laisser les moustiques vous dévorer, je ne vois pas d'autre choix...

— Autant qu'on soit propre, alors... Dire que j'avais un camping-car, nom d'un chien ! »

Stella sortit le shampoing de sa trousse de toilette, et commença par ôter ses chaussures.

Elle ne mit pas longtemps, disons trois battements de paupières, pour se retrouver nue. Ses vêtements dérisoires de fille en été tenaient dans une seule main. Brown regarda les empreintes de ses pieds s'enfoncer dans la légère vase, elles s'éloignaient de lui comme un adieu. C'était l'éclat de la jeunesse, les creux au bas de son dos comme deux fossettes sur les reins, les proportions, les dimensions, les angles, les facettes, les rondeurs, les aigus et les silences, tous les silences et les vides laissés par ce corps s'éloignant, le laissant témoin sans voix de cette manifestation de la beauté. Les plus grands malheurs ou les plus petits bonheurs sont absolument, totalement, définitivement non exportables, Brown était seul avec cette vision, et il aurait pu mourir là, maintenant, et sa vie aurait valu la peine quoi qu'il ait fait, quoi qu'il ait été.

Il réussit tout de même à ouvrir sa mâchoire pour dire : « Gaffe aux alligators ! »

Mais c'était juste la bravade d'un homme ayant mis genou à terre face à la perfection, d'un homme courbé érigeant une tente afin de les protéger de la nuit et des spectres. Stella se retourna, sans cacher les poils blonds de son pubis et sourit. La boue sur ses jambes macula les eaux limpides. Elle finit par y plonger, son shampoing à la main. Quand elle ressortit, l'eau à mi-cuisse, Brown songea à ces peintures de la Renaissance, il ne savait plus qui avait peint quoi, mais l'un d'eux, un de ces Italiens de l'époque en aurait fait un tableau pour l'éternité.

Brown planta une sardine dans le sol meuble, tendit une cordelette. Ses mains tremblaient. Ce matin, avec la machette, il avait aussi acheté au drugstore une bouteille de bourbon. Avant d'entrer dans cette foutue tente, il en boirait suffisamment pour sombrer dans le sommeil et ne pas poser sa main rugueuse sur le léger arrondi du ventre de Stella Thibodeaux.

43

Jamais deux sans trois.

Ils retournèrent au *diner* de Frankie Malone, mais celui-ci était fermé. Pas Frankie, le *diner*. Éviter tout piège ou confusion de syntaxe, les frères Bronski restaient vigilants. Billie essaya encore d'ouvrir la porte, tapota avec la clé de la Camaro sur la vitre de l'établissement. En vain : Frankie faisait mentir le proverbe. Et les frères Bronski n'aimaient pas quand le grain de sable s'insinuait dans l'ordre des choses.

« Ça pue », déclara Billie.

Michael regarda autour de lui. Il n'était pas encore neuf heures du matin, le soleil tapait déjà dur sur les hommes de bonne volonté. C'est alors que Michael aperçut au loin le clocher malingre de l'église en bois. Ce n'était pas le clocher en lui-même qui attira son attention, mais l'éclat de l'enseigne du Taco Bell jouxtant le campanile. Un rayon de soleil ayant franchi les 149, 72 millions de kilomètres jusqu'à la terre pour se réfléchir dans les Ray-Ban d'un tueur-né.

« Hé, où tu vas, Mike ?

— Quand on doute, faut demander sa voie à Dieu, frangin. »

44

Ailleurs, mais dans la simultanéité du moment, Molina se trouvait dans la même situation que les jumeaux : il ignorait où avait foutu le camp Stella Thibodeaux.

Et l'Amérique, comme chacun sait, est grande. C'est ce qu'on aime, d'ailleurs, cette idée que la liberté est là-bas. Mais la vastitude demande une direction à suivre, celle qu'on s'impose, sinon on finit par faire n'importe quoi, surtout le pire : tourner en rond ou rebondir comme une boule de flipper.

Alors, lui aussi décida de revenir sur ses pas.

Il frappa doucement à la porte de la roulotte, il était tôt, mais il supposait que l'homme ne dormait plus beaucoup, désormais. Tarzan vint lui ouvrir. Il portait les mêmes vêtements que trois jours plus tôt, le T-shirt au logo de la Tamoil et son jean coupé, maculés de sang séché. La barbe avait poussé, blanche et sale, la moustache jaunie par la nicotine. Les cheveux longs et poisseux, c'était n'importe quoi sur ce visage décharné. Son petit-déjeuner, c'était cigarette et gnôle, son haleine évoquait celle d'une hyène ayant rongé des lambeaux de charogne. Molina ne recula pas. Ce qu'il ne fallait pas faire pour un Pulitzer, bon sang.

« J'ai besoin de vous, dit Luis.

— Et moi, je ne peux plus rien pour vous. On l'a enterrée hier, articula Tarzan.

— Justement, il y a peut-être moyen de lui parler une dernière fois, manœuvra Luis qui perçut comme un regain de lucidité dans le regard fou du vieux.

— Ne vous moquez pas de moi, jeune homme, ça vous portera malheur. »

Sa bouche exhalait une puanteur méphitique ; plus parlant pour nous que la hyène et sa charogne : une racine de dent infectée.

« Vous faites trois choses pour moi, Tarzan. Trois choses que Santa aurait voulu que vous fassiez : nettoyer votre bouche avec ce que vous avez de plus fort, prendre la boule de cristal et m'emmener au cimetière. Vous pouvez faire ces trois choses, Tarzan ? »

Le vieux le dévisagea comme s'il venait de naître et que le monde était une expérience, un lieu à découvrir.

— Deux sur trois, répliqua Tarzan. J'ai plus de dentifrice. »

Et merde.

45

Le jeune séminariste était crucifié en lieu et place du Seigneur : tête penchée, le menton reposant sur le sternum, évanoui et inerte comme une image pieuse. Michael et Billie étaient assis sur le premier banc, au pied de l'autel, les yeux levés vers cette réincarnation de Jésus-Christ Notre Sauveur.

« Ce que c'est beau, fit Billie en s'essuyant l'œil droit avec sa paume. On dirait que c'est Lui.

— T'as toujours été sensible à l'apparence des choses, mais ne te fie pas à ce que tu vois. Cet enfoiré n'a pas tout dit...

— Mais tu vois pourtant bien que... »

Les frères Bronski l'avaient déshabillé pour que ça fasse plus vrai et, ma foi, faut appeler un chat un chat : le séminariste s'était chié dessus sous l'effet de la peur conjuguée à la douleur des clous et des épines empruntés à la statue du Christ, présentement enfoncés dans sa chair.

« Il n'en sait pas plus, insista Billie. J'en suis sûr. On l'a laissé volontairement dans l'ignorance. »

Ils se levèrent et se rendirent dans la sacristie.

« Je me dis qu'on aurait peut-être dû commencer par-là, reprit Billie.

— T'as raison. Mais qu'est-ce que tu veux, frère, le sang appelle le sang et on perd de sa lucidité. »

Ils fouillèrent et trouvèrent deux choses :

a) la cassette vidéo restée dans le magnétoscope :

« Hé, mais c'est nous ça ! s'exclama Billie en voyant les images.

— Malone est venu ici.

— Aucun doute.

— Tu tisses la toile, frangin ?

— Malone avertit le cureton qui s'empresse d'alerter la fille qu'on est sur sa piste. Nous sommes cause et conséquence.

— Ce qui signifie que le cureton sait qui nous sommes. Et s'il nous connaît, forcément on le connaît nous aussi. »

b) La photo dudit cureton voltigeant hors d'un tiroir renversé : le Père Brown en tenue de combat, la peau du visage grimée par du maquillage bicolore vert et noir. Mais même comme ça, aucun doute que c'était lui.

« Tu le reconnais ? demanda Billie.

— James Brown.

(Plus ça va, plus on s'y fait, on est bien d'accord ?)

— À l'époque, je me disais bien que sous sa soutane, le bonhomme devait avoir eu une autre vie...

— Bon, on sait maintenant à qui on a affaire.

— Un ex-Navy Seal... Putain, je comprends maintenant pourquoi cette traque a pris une tournure complexe.

— Ça va peut-être nous aider de savoir qu'il ne sait pas qu'on sait.

— C'est compliqué, Mike, mais je te fais confiance.

— T'as veillé à remplir le bidon d'essence dans le coffre, frangin ?

— Ouais bien sûr, toujours prêt pour une belle flambée.

— Là aussi, tu peux me faire confiance. »

46

Dans la touffeur de cette fin de matinée, Tarzan posa la boule de cristal sur la tombe de Santa. Le monticule de terre fraîchement retournée commençait déjà à craqueler sous la chaleur. Tarzan se releva, ses genoux grincèrent. Il transpirait, non, mieux : il suintait l'alcool comme une éponge qu'on essore. C'était surprenant que ce vieux type racorni puisse dégorger autant de liquide.

« Ils auraient pu planter quelques arbres », dit Luis en regardant autour de lui. Des centaines de vieilles croix sortaient de terre, tordues et désolées.

« C'est un cimetière de pauvres, un cimetière de pauvres américains, répondit Tarzan. J'aurais préféré qu'elle soit incinérée, mais Santa a toujours eu cette option en horreur. Elle disait que, de toute façon, ce qui restait dans l'urne était essentiellement les cendres du cercueil, elle refusait qu'on nous prenne pour des cons à vénérer un tas de bois brûlé... »

Au sujet de Santa, Tarzan était intarissable, valait mieux ne pas le lancer là-dessus.

« Et maintenant, on fait quoi ? demanda le vieux.

— On attend qu'elle se manifeste.

— Comme ça, sous le soleil ? Et sans rien à boire ?

— Je n'ai pas d'autre idée, Tarzan. Je poursuis une chimère.

— Peut-être que vous ne devriez pas. La chimère est une créature malfaisante.

— Parce que, honnêtement, vous croyez qu'on vit dans un monde de bonté ?

— Je disais ça comme ça. Donnez-moi un billet, je vais chercher à boire... C'est tout ? Faites un effort, jeune homme, faut y aller franchement, sinon ça ne vaut pas la peine. »

Tarzan empocha les deux billets de cinq et s'éloigna. Luis Molina se demanda où le vieux pourrait trouver quelque chose à boire au milieu de cette désolation. Mais Tarzan connaissait sa géographie et sortit du cimetière. Ses pieds chaussés de sandales, c'était l'Hermès du pauvre.

Molina transpirait lui aussi, il finit par ôter sa chemise, autant brûler sa peau sous le soleil, que ça en vaille la peine, effectivement. En évoquant Hermès, Molina ne croyait pas si bien dire. Sa sensibilité gréco-latine l'aiguillait sur l'étroit sentier de l'intuition. Ce rapport ambigu entre culture et civilisation.

Que ce soit lui ou les frères Bronski, chacun était à la recherche de l'oracle.

C'est-à-dire d'une réponse.

Tarzan revint une demi-heure plus tard, muni d'un parasol au logo d'une marque de bière et de deux bouteilles de mescal.

« Le parasol, c'est une excellente idée, Tarzan, mais où est l'eau ?

— Pas d'eau, jeune homme. Au fait, d'où tu viens ?

— Je suis hondurien.

— Hondurien vaurien, disait Santa.

— Très drôle. »

Tarzan planta le parasol dans le tertre de la tombe de Santa et l'ouvrit. Une ombre bienfaisante invita les deux hommes à s'asseoir à l'abri du soleil. Tarzan ouvrit sa bouteille, versa une lampée sur le sol pour son amour défunt sous la terre, et but une première gorgée. Il ne grimaça même pas.

« Santa m'a emmené une fois à San Juan Chamula, au Mexique. Là-bas, les vieilles se bourrent la gueule dans une grande église transformée en lieu d'expiation. Les statues des saints se mêlent à de grossières sculptures d'animaux totems. Elles fixent des bouts de miroir aux statues, elles boivent leur gnôle et du Coca tout en fixant leurs bouches dans le miroir. C'est leur manière de se confesser ou de demander grâce, jusqu'à ce qu'elles soient complètement ivres et se mettent à ronfler par terre.

— Pourquoi le Coca ?

— Pour roter. C'est leur façon de se débarrasser du péché.

— On n'a pas de miroirs non plus.

— On va faire avec ce qu'on a, Luis. Boire jusqu'à toucher le fond de la bouteille, avaler ce ver et s'écrouler.

— On peut en mourir, Tarzan, tu sais ça? Bourrés et déshydratés sous le soleil assassin.

— C'est à Santa d'en décider. Si tu es prêt à aller jusqu'au bout, tu auras ta réponse. C'est toujours ce qu'elle me disait. À prendre ou à laisser. »

Le chemin qui menait au fameux Pulitzer prenait une tournure particulière appelant des risques particuliers. Molina s'était même habitué à la mauvaise haleine de son interlocuteur, c'est dire. Il dévissa à son tour la capsule de la bouteille de mescal, hésita. Rien que l'odeur lui donna la nausée.

« Je suis plutôt tequila, fit Molina.

— Maintenant bois et ferme-la. »

47

Dans un ordre de pensée à la fois rationnel et chrétien (non, ce n'est pas un oxymore, voir Saint Thomas d'Aquin, « Je crois ce que je vois », Saint Benoît de Nursie « Orare et laborare », et il y en a d'autres), les Frères Bronski s'étaient donc rendus dans la maison de Dieu guidés par une foi cartésienne (on pourrait y ajouter la théorie de la Synchronicité de Carl Gustav Jung pour ce qui est du reflet du soleil dans l'enseigne du Taco Bell, sorte de pop culture du hasard), puis ils firent la découverte que l'on sait dans le magnétoscope de la sacristie. Avant d'élaborer la démarche déductive suivante :

1) Repérer un couple du genre *la Belle et la Bête* au volant d'un camping-car ;

2) Probable que le couple en question ait changé de véhicule ;

3) Informer Brenda Moore afin qu'elle mobilise ses informateurs disséminés sur le territoire : priorité donnée aux stations d'essence et aux revendeurs de voitures d'occasion dans un rayon de 150 kilomètres autour du lieu du dernier miracle, Sopchoppy.

Et moi, je vous le dis : ça portera ses fruits.

Quant à l'autre versant : en bon intellectuel latino-américain athée et lecteur de Márquez et de Borges, Luis Molina s'était davantage fié au réalisme magique qui, à mon avis, se rapproche également de la théorie de la Synchronicité (une hypothèse à vérifier).

Quoi qu'il en soit, Molina émergea de sa perte de conscience mescaline seulement à la nuit tombée. Il avait de la poussière dans la bouche, sa bouche était poussière. Personne n'était venu le réveiller, le cimetière des pauvres demeurait une désolation sans nom. Le parasol était tombé sur Tarzan. Molina le fit rouler sur ses baleines tendues, découvrant le vieux qui fixait le vide, les yeux ouverts sur le néant, yeux que Molina referma d'un geste pieux. Échec sur toute la ligne : Santa n'était venue visiter ni l'esprit de Luis ni celui de Tarzan dont le cœur avait lâché. Le réalisme magique – en lien avec la pensée magique freudienne ? – n'était valable qu'en littérature. « Rentre chez toi, Molina, rentre chez toi et, humblement, remise tes rêves de grandeur... Hondurien, t'as rien, n'oublie pas. »

Mais voilà : il faut pas croire non plus toutes nos pensées négatives. Parfois, il y a aussi l'*extra ball* annoncée sur l'écran du flipper.

Voulant récupérer son paquet de cigarettes, Luis Molina se penche et lit, tracé dans la terre et dans le prolongement du bras tendu de Tarzan et de son index les mots suivants : Las Vegas.

On jugerait aussi que l'expression en apparence triste, solitaire et définitive de Tarzan, cache en réalité un sourire – pied de nez aux esprits méthodiques lesquels, il faut bien l'avouer, nous inspirent un profond ennui.

48

Derrière le camion des pompiers, mains croisées derrière le dos, Frankie Malone regardait son *diner* partir en flammes dans la nuit suffocante. Au final, il n'en resterait pas grand-chose, une pâte noire et gluante surchauffée, une bouse de vache fumante sur l'asphalte et les gravillons au bord de la route. De temps à autre, dans le fracas de la tôle qui pliait et les jurons des pompiers, on entendait la petite explosion d'une bouteille d'alcool. Il fallait tendre l'oreille, mais Frankie savait exactement où il avait entreposé sa gnôle de contrebande qui titrait à plus de 70°. Ça faisait tout de même drôle de voir brûler trente ans de sa vie, c'est pas tous les jours et ça n'arrive pas à tout le monde. La maigre consolation, c'était la main du shérif sur son épaule et la piste de l'incendie criminel. L'assurance devrait raquer une jolie somme. Au fond, tout ça revêtait une certaine logique : si ces cons ne lui avaient pas imposé l'installation de caméras de vidéosurveillance, Malone n'aurait jamais apporté la cassette à Brown et on n'en serait pas là. Et lorsqu'il aurait payé le dernier tiers de sa dette, il lui resterait quelques dollars pour recommencer ailleurs sans se faire trop de soucis. Les probabilités statistiques calculées par des assureurs aux cheveux gominés n'avaient pas prévu les cas de figure où ça se retournerait contre eux. Ça aussi, c'est la force de la littérature.

Le shérif ôta sa main de l'épaule de Malone et cracha par terre :

« P'tain, un séminariste crucifié et maintenant ton *diner* qui part en quenouille, le monde est devenu fou, Frankie.

— La boussole est déglinguée, Monroe.

— Fallait que je voie ça un mois avant de prendre ma retraite, p'tain.

— On peut quand même pas traverser une existence indemne de toute douleur, non ? »

Le shérif le dévisagea, difficile de dire si son regard était ahuri ou si c'était à cause des flammes que reflétaient ses yeux. Il termina en lui demandant de le rejoindre un peu plus tard au poste pour sa déposition.

Frankie regarda encore un moment son passé partir en fumée – il songea à ses vieux gants, ses trophées et son sac de boxe remisés dans la cave –, puis retourna à son pick-up Ford. Margot était assise sur la banquette et fumait une cigarette en jouant avec une mèche de cheveux derrière son oreille. Sa jupe découvrait ses genoux, encore une fois, il la trouva si belle.

« Ça va, Frankie ?

— J'aurais cru que ce serait pire. Je souffre pas tant que ça. Je me demande juste où iront picoler mes poivrots.

— T'inquiète, un alcoolo ça trouve toujours sa source.

— Et toi ?

— C'est différent. J'étais surtout là pour tuer le temps. Désormais, je saurai plus trop où passer mes nuits. »

Frankie prit une longue inspiration, se lança :

« Tu penses quoi de la Floride ?

— Là où vont mourir les vieux ?

— Avant de canner, ils se paient du bon temps, tu sais ? J'ai 64 ans, Margot...

— Je peux y réfléchir ?

— Ouaip. T'as bien dix minutes. Je dois passer un coup de fil… »

Frankie se dirigea vers la borne téléphonique. Il sortit de sa poche la carte de visite que lui avait laissée Comanche. Alors, on vit Frankie Malone faire ce geste maintes fois répété, celui d'enfiler des pièces dans l'appareil et de composer un numéro de téléphone, le combiné coincé entre l'oreille et l'épaule. Frankie savait très bien qui avait mis le feu à son établissement. Il avait l'intention de régler les choses à sa façon, et pour ce faire, les flics et la loi n'étaient pas les bons interlocuteurs.

49

De Blountstown à Las Vegas.

2 022 miles, soit 3 254 km par la route.

Sept États à traverser : Floride, Mississippi, Louisiane, Texas, Nouveau-Mexique, Arizona et Nevada.

Trente heures de route sans circulation d'après les estimations de *Google Drive*.

Compter plutôt quarante-huit heures dans la vraie vie. Stella a faim. Stella a mal au cœur. Stella doit faire pipi. Thérèse de Lisieux se serait-elle plainte d'avoir soif ? Bernadette Soubirous aurait-elle insisté pour acheter des cigarettes ?

Ils roulent dans une Chevrolet *Caprice Funeral Car* de 1986 qui a tendance à la surchauffe, donc Brown est attentif au niveau d'eau dans le radiateur. Sans compter que ça boit des gallons d'essence ces paquebots, tâche compliquée que de faire concilier les arrêts pipi-faim-nausée, avec le plein de super et l'achat de cigarettes.

Le corbillard, c'est l'occasion qui avait fait le larron, mis en vente par ce garage à la sortie de Blountstown (2514 habitants). L'intérieur usé et jauni puait la mort et le formol, il avait fallu rouler un bon moment les vitres baissées, mais au moins, une fois qu'on tirait les petits rideaux plissés, il y avait de la place pour y dormir, et éviter ainsi les motels. Et puis qui avait peur de la mort dans cette voiture ? Qui s'en inquiétait, de la sainte ou du curé ?

Un orage d'été, violent comme la beauté sauvage de Marlon Brando, les surprit au nord d'Arcadia. Les essuie-glaces écopaient l'eau du pare-brise, Brown ralentit pour ne pas risquer l'aquaplaning dans les monstrueuses flaques qui se formaient à vue d'œil. Les gouttes, aussi grosses que des noisettes, rebondissaient sur la tôle de la Chevrolet – le symbole de la marque, une croix suisse, c'est parce que Louis Chevrolet était né à la Chaux-de-Fonds, Blaise Cendrars et Le Corbusier aussi, itinérances des rhizomes –, mais malgré leur virulence, on se sentait dans le cocon d'un sarcophage ambulant. Stella alluma deux Marlboro, en donna une à Brown qui se sentait l'âme de celui qui s'épanche en anecdotes sur les noms et les lieux. Mais il le faisait simplement pour parler et parfois meubler le silence, non pour jouer les Pygmalion ; et puis, c'est pas tous les jours qu'on passe par Arcadia, l'occasion ne se présenterait plus :

« Bonnie Parker et Clyde Barrow ont été tués dans le coin le 23 mai 1934...

— Ceux du film ?

— Ceux pour de vrai.

— Les acteurs, c'était qui déjà ?

— Faye Dunaway et Warren Beatty, répondit Brown.
— Ce qu'il était beau », soupira Stella.

C'est con, hein ? Mais Brown ressentit une pointe de jalousie lui froisser le cœur. Peut-être qu'il était mieux dans sa paroisse, finalement, peut-être que faire l'autruche dans une église avait été pour lui la solution pour ne plus se retrouver au milieu de la vie et de souffrir. La seule façon aussi de passer à côté. Bon sang, si au bout du voyage on parvenait à répondre au moins à cinq questions essentielles sur l'existence, on pouvait s'estimer largement au-dessus de la moyenne. Non, trois.

(Au hasard : Qui suis-je ? Qu'est-ce que je veux ? Où vais-je ?)

« C'est de ma faute. Je n'avais qu'à pas étaler ma culture », lâcha Brown.

Stella ne savait pas si le curé s'adressait à elle ou à lui-même. Dans le doute, elle savait s'abstenir. Elle comprit par contre qu'il avait le cœur chiffonné, non elle le *sentit*, et posa sa main sur le bras de Brown abandonné sur l'accoudoir.

« Le contraire de la jalousie est la compersion, dit Stella.
— Vous l'avez lu dans le dictionnaire ?
— Non, sur Wikipédia. C'est un mot récent.
— Et l'indifférence ?
— L'indifférence, c'est l'indifférence. La compersion fait que vous êtes heureux du bonheur de l'autre.
— Je suis trop vieux pour ça. Et puis, l'amour, je connais pas vraiment. Je... J'ai surtout connu disons, des filles comme vous... Dans ma précédente vie.
— Si c'est rien que ça, on peut s'arrêter un moment à l'arrière, James. »

James sourit. Accéléra pour manifester son désaccord.

« Moi non plus, James.

— Quoi donc ?

— Moi non plus, j'ai jamais été amoureuse.

— Ah.

— En attendant, je suis contente pour le bonheur des autres. »

La compersion, putain.

Ils restèrent un moment sans parler, la main de Stella sur le bras poilu et musculeux de Brown qui conduisait et ressassait le concept sans savoir qu'en faire. L'orage faiblissait ou alors c'était eux qui s'éloignaient de son centre. La pluie devint crachin et la route luisante évoquait maintenant la peau noire d'une couleuvre d'eau.

Stella s'aventura plus loin dans la morsure au cœur, posant sa joue sur l'épaule de Brown. Il n'y avait rien d'aguicheur dans ce geste, juste de la tendresse mêlée de lassitude.

« J'ai deux questions, James...

— Jimmy, rectifia Brown, en définitive ce sera plus simple. C'est complètement débile de m'avoir nommé ainsi, certains écrivains sont des tordus.

— D'accord, Jimmy. » Stella se blottit davantage : « Qui sont ces deux hommes qui me cherchent ? Vous les connaissez, n'est-ce pas ? »

Brown hésita. La vérité. Qui pouvait l'entendre lorsqu'elle était si laide ?

« Vous voulez la version édulcorée ou la moche ?

— Allez-y, Jimmy, je crois que je peux l'entendre. »

Brown prit son temps, se racla la gorge. J'ai souvent entendu faire ça avant l'annonce d'une sale vérité.

« J'avais été envoyé en Sierra Leone pour une mission chrétienne durant la guerre civile... Enfin, ces sortes de sparadraps qu'on met sur des hémorragies, je collaborais avec diverses organisations... J'avais du sang jusqu'aux coudes tellement les rebelles amputaient leurs victimes, il n'y avait pas suffisamment d'infirmiers alors j'ai retroussé les manches de ma soutane et j'ai davantage travaillé comme brancardier que comme aumônier...

« Un après-midi, on m'a signalé que des civils étaient encore vivants dans un village proche de Sengama. Je suis parti avec un médecin. Sur la charrette tirée par une mule, il avait posé sa caisse de médicaments et ses instruments chirurgicaux. L'armée rebelle du RUF, émule de Charles Taylor, faisait des ravages dans l'Est et le Sud où elle s'était réfugiée. C'était en 1994, les gars y allaient à la machette, tuaient tout ce qui bougeait et alors...

« Alors le village n'était plus qu'un amas de cadavres, tu parles de survivants ! Juste quelques mourants auxquels j'ai pu donner l'extrême-onction. La plupart n'étaient même pas chrétiens, ils ne comprenaient pas ce que je faisais et moi ce que je foutais là. Je n'avais plus que ma croix pour les soulager, et le chirurgien, ce qui lui restait de morphine. En réalité, nous n'avions plus que nos yeux pour pleurer.

« C'est là que je les ai vus pour la première fois, les deux hommes en question. Michael et William Bronski, des frères jumeaux, mercenaires à la solde des rebelles. Ils avaient encore leur vrai visage à l'époque, avant de se faire couturer pour échapper à la justice internationale. Ils étaient accroupis dans une hutte et... et ils s'amusaient à recomposer un simulacre de corps humain avec des membres d'adultes sur le tronc amputé d'un enfant... Ils m'ont regardé en riant, et quand ils ont vu mon col romain, ils m'ont demandé où était Dieu dans tout ça... Si vraiment je pouvais croire à une telle connerie puisqu'ils étaient là pour prouver le contraire...

« Plus tard, j'ai appris que ces corps recomposés étaient leur signature afin de terroriser les populations civiles. Leurs têtes étaient mises à prix, je voyais des affiches avec leurs photos dans les postes de l'armée régulière... »

Stella avait eu le temps d'allumer une autre cigarette et de s'éloigner de Brown, comme si la proximité de son corps la rapprochait de l'horreur qu'il racontait. Son épaule reposait maintenant contre la portière.

« Et... vous êtes sûr que ce sont eux ? Je veux dire, ces Bronski ?

— Je les ai vus accroupis dans cette hutte, Stella. Ils m'ont même offert à boire, et le pire c'est que j'ai accepté la foutue gnôle. Leurs yeux, leurs voix, leur attitude... On peut changer un visage Stella, mais pas une voix ni un regard, vous comprenez ? On ne peut pas changer ce qu'on est, fondamentalement.

— Et vous les avez reconnus sur cette vidéo ?

— Exact.

— Et pourquoi eux précisément ? Pourquoi ont-ils été chargés de me tuer ?

— Parce qu'ils sont les meilleurs pour vous faire passer de sainte à martyre. »

Stella ramena ses pieds nus sous ses fesses, tira sur sa cigarette en observant la nuit à peine moins sombre que la surface de la Terre, la nuit qui venait de tomber, la lune et les étoiles l'éclairant faiblement.

« Pourquoi va-t-on à Las Vegas ?

— Ça fait trois questions Stella.

— Je vous montre mes seins et on n'en parle plus.

— Surtout pas Stella ! Je vous en prie...
— Alors ?
— Au lieu de se cacher on se montre.
— C'est ça, votre réponse ?
— Pour l'instant, oui.
— J'ai faim, Brown. Deux fous furieux sont à ma recherche, vous me racontez des horreurs et j'ai faim. Vous y comprenez quelque chose, vous ?
— On va s'arrêter, moi aussi j'ai un estomac, Stella. »
Brown dirigea le corbillard vers un parking poussiéreux jouxtant une station-service faisant également office d'épicerie.
Stella avait déjà ouvert la portière quand elle se figea en voyant Brown cacher son automatique .45 sous sa chemise et rajuster son jean. Le curé croisa son regard.
« Là où on va, on aura besoin de tout notre argent, Stella.
— Je préfère qu'on pioche dans mes économies, d'accord ?
— Vous êtes sûre ?
— Absolument. Et puis, ce serait le meilleur moyen de se faire repérer.
— À mon avis, c'est déjà le cas, mais je vais me tenir à carreau, promis. »
Brown sortit de la voiture, referma la portière.
« Vous le prenez quand même avec vous ?
— On ne sait jamais, Stella.
— Bonnie and Clyde, hein ?
— Plus ou moins. Et en même temps, pas vraiment non plus. »

VII

Rien ne va plus

50

Stella écarta le soleil avec son bras.

La pièce était circulaire, le lit aussi. C'est ce que Brown avait choisi comme chambre au Caesar's Palace. Un grand miroir au plafond plaidait pour une luxure les yeux ouverts. Stella était habituée à l'étroitesse de son camping-car, parfois à l'impromptu d'une banquette de voiture, l'inconfort des toilettes d'un KFC. Brown avait son idée derrière la tête, même s'il en changerait par la suite, elle était bien obligée de lui faire confiance dans l'immédiat. Elle n'avait plus que lui de toute façon.

Elle trouva la télécommande sous l'oreiller, réussit après divers essais à faire tourner le lit dans une position où le soleil ne la gênait plus. Elle aurait pu fermer les stores électriques, mais elle préférait se réveiller avec la lumière du jour. Elle repoussa le drap, scruta son corps nu, perché dans la glace au-dessus d'elle, se trouva belle et désira son propre corps, alors elle se masturba. On dit que Narcisse tomba dans l'eau parce qu'il était amoureux de sa propre image, mais c'est faux. Il crut voir un autre dans ce reflet, autre qu'il ignorait être lui-même et découvrait pour la première fois.

Stella finit par resserrer ses jambes autour de sa main, très fort, et jouit dans la chambre-monde. La Terre était ronde comme son orgasme avant de se dilater à l'ensemble des planètes, et l'univers entier de manière générale, la jouissance explosant dans tous les sens, créant du temps cyclique au fur et à mesure de son expansion.

Lorsque le plaisir se fut dissipé, elle pensa à Brown. Elle se demandait comment il avait passé sa nuit dans le corbillard au sous-sol du parking, quand on frappa à la porte. Stella enfila un slip et un T-shirt, et alla ouvrir. Elle savait que c'était lui, au fond il suffisait d'y penser et il apparaissait.

Brown marqua une hésitation, cette impression de la voir toujours pour la première fois tant sa beauté le surprenait. C'étaient des détails, la position délicate du bras sur la porte, la jambe souple s'arquant à partir du genou, l'harmonie de ses orteils, touches de piano s'enfonçant dans la moquette rouge. Il savait que ses pieds étaient cambrés comme ceux d'une danseuse de ballet.

« Room service », fit Brown en passant devant elle et lui montrant le sachet en papier qu'il tenait dans la main.

Il se dirigea vers la table basse, y posa deux grands gobelets de café qu'il sortit du sachet ainsi qu'une boîte en carton. Stella le rejoignit, ouvrit la boîte, prit un donut dans chaque main et commença à mordre dans l'un et l'autre, framboise et vanille.

« Je me demande toujours où vous mettez tout ça...

— J'ai un métabolisme de sainte, je brûle beaucoup de calories.

— Gardez profil bas, jeune fille, ne péchez surtout pas par orgueil.

— Mal dormi ?

— Comme un miraculé dans un corbillard. Mais mon sommeil n'est pas le problème. »

Le curé ôta l'opercule de son gobelet, le jeta sur la table et but une longue gorgée de café. Tous les deux étaient debout, Stella par optimisme au matin clair, Brown par inquiétude après avoir parcouru les nouvelles sur un des ordinateurs à disposition dans le hall de l'hôtel.

« Ce que je craignais est arrivé : ils sont tous morts. »

Stella prit à son tour le gobelet de café après avoir léché le sucre resté sur ses doigts, but la moitié d'un trait et s'empara d'un muffin aux pépites de chocolat.

« De qui parlez-vous, Jimmy ?

— De ceux que vous avez sauvés.

— Merde, fit Stella la bouche pleine.

— Je vois que vous vous êtes endurcie, jeune fille. J'ignore si c'est une bonne chose. D'un côté, on souffre moins, de l'autre on y perd de son humanité. Je sais de quoi je parle.

— Ils étaient foutus de toute façon, non ?

— Entre-temps, ils ont connu l'espoir de la résurrection. Et je doute que les frères Bronski aient fait ça proprement et sans douleur... »

Stella avait bien tenté la ligne dure, mais à quoi bon transformer sa nature si la compassion était son lot ?

« Il me faudra toujours les fuir ? Ces Bronski, je veux dire...

— Il y a une autre option : les affronter.

— Ah.

— Vous ne me demandez pas comment?

— Comment?

— Vous allez recommencer à faire des miracles avant qu'on vous range dans la catégorie *fake news*. C'est la raison pour laquelle nous sommes ici. Un tas de miracles à la lumière du jour. Au lieu de se cacher on se montre, vous vous rappelez?

— Chouette, je vais reprendre le boulot!

— C'est ça. On est à Las Vegas et vous allez flamber. La publicité sera votre meilleure protection. Après ça, vous serez intouchable...

— Façon de parler.

— Façon de parler, oui.

— Dites, vous savez quoi? Je me rends compte que vous ne m'avez jamais vu faire de résorption-miracle. Au fond, jusqu'ici, vous avez risqué votre vie sur de simples suppositions...

— Des témoignages. Un surtout: Robert Smith et sous le sceau de la confession. Paix à son âme.

— C'était lequel, déjà?

— Celui du psoriasis et de l'épouse acariâtre.»

Le visage de Stella s'assombrit.

«Maintenant, je me souviens, oui. Allez m'en chercher un à sauver, Jimmy. Et qu'on mette le feu à Las Vegas, par la sainte Chatte!»

Brown se signa, mais ne dit rien. Il ne pouvait pas lui en vouloir, tout de même?

51

Bon, lui aussi y était à Las Vegas.

Là où il n'aurait jamais pensé mettre les pieds.

Quand même, il fallait le faire : une ville entière dédiée au jeu et au divertissement. Construite dans le désert, sur du sable ; c'est-à-dire, comme pour le jeu et le divertissement, sur rien. Rien de tangible. Las Vegas : un mirage dans le désert.

Luis Molina avait trouvé une chambre bon marché au Palms Place, dans la norme pour une ville où il n'y avait quasiment que des hôtels. D'après Trivago, l'établissement obtenait une évaluation générale de 8,4 points (très bien). Les 15'923 avis concordaient pour le décrire comme « extrêmement confortable » et « extrêmement propre ». Bien que ne logeant pas sur le fameux « Strip », il était à 2,4 kilomètres des fontaines du Caesar's Palace.

Les convergences convergeaient.

Molina testa le matelas, vérifia la fraîcheur des draps en reniflant l'oreiller, passa un doigt sur le rebord de la table de chevet : il aurait désormais fait l'expérience d'une chambre extrêmement confortable et propre. C'est tout de même quelque chose dans la vie d'un homme.

Il frotta son menton, constata que sa barbe avait encore poussé. Ses cernes avaient creusé deux sillons noirs se propageant jusqu'au milieu de ses joues. Il avait roulé plus de trente heures, dormi par intermittence. Sa Daihatsu avait tenu le coup, mais c'était lui qui était au bout du rouleau.

Et maintenant, il était dans cette chambre sans savoir que faire, assis au bord du lit.

D'abord se doucher ou dormir?

Où trouver Stella Thibodeaux parmi des centaines de milliers de touristes obèses, au sourire idiot et en proie à l'appât du gain?

Maria pouvait accoucher d'un moment à l'autre, et lui poursuivait le rêve d'un prix Pulitzer sous forme de médaille en or (côté face: le buste de Benjamin Franklin, côté pile: un imprimeur actionnant sa presse). Mais surtout: son nom gravé dessus et la reconnaissance allant avec. Beaucoup de reconnaissance pour un pauvre orphelin d'origine hondurienne (vie de chienne) au pays de la corne d'Abondance.

C'était quoi un homme, être un homme?

C'est quoi être un homme et poursuivre un rêve?

Un rêve dans une ville d'artifices.

Il se sentait soudain démuni et ridicule. C'est fréquent chez ceux qui poursuivent un idéal. Les dépressions sont le lot et l'incertitude, le pain quotidien. La conscience de l'extrême fragilité de l'ensemble, la structure en allumettes collées une à une. Au final, l'échec est plus probable que le succès.

C'est ça être un homme qui poursuit son rêve.

Et ça demande de la foi.

Luis Molina met la main sur son cœur.

Son téléphone vibre dans sa poche de poitrine.

52

Superbloom, c'est le nom d'un phénomène rare, lorsque le désert devient un parterre de fleurs sauvages. Violet, orange, jaune. La fréquence des pluies des dernières semaines avait favorisé la simultanéité de cette floraison inédite. Les graines dormant sous le sable avaient germé et fleuri de concert. On embrassait le spectacle à perte de vue depuis un léger promontoire à l'écart de la route 93, à une cinquantaine de miles au nord de Vegas.

Et pour anticiper la question qu'un lecteur pinailleur posera inévitablement, sachez que Brown a trouvé le numéro du journaliste en appelant le *Savannah News*. Quant à l'autre question, laissons à Luis Molina le soin de la poser :

« Tout ça est très beau, *Padre*, mais pourquoi me faire venir ici ?

— Vous avez déjà vu un tigre de Sibérie marcher dans la neige ? Bien sûr que non, Molina. Vous mettez ce même tigre dans la cage d'un zoo et vous n'avez rien vu de l'animal. Ce qui fait la beauté entière d'un être, c'est la place qu'il occupe dans son environnement, sa liberté de mouvement, son déploiement dans son contexte, sa marge de manœuvre. Hemingway s'est tiré une balle quand il a compris qu'il n'écrirait plus et que son lot serait désormais les électrochocs. Une chambre d'hôtel, aussi luxueuse soit-elle, ne pouvait pas suffire, vous comprenez ? »

Et Luis Molina comprit après que Brown eut sifflé dans ses doigts et qu'il vit Stella Thibodeaux apparaître et s'approcher d'eux. Il faudrait qu'on se souvienne de la première fois qu'on a aimé pour de vrai, aimé cet autre qui vous a brisé le cœur. Ce moment précis où l'on s'est senti orphelin parce que cette présence nouvelle vous était désormais indispensable.

Stella s'arrêta face au journaliste, ses tongs, son short en jean coupé qui faisait des franges sur la peau dorée de ses cuisses. Ce jour-là, elle portait un t-shirt à l'effigie du drapeau américain. Il y avait toutes ces étoiles sur son buste, les milliers de fleurs dans son dos. Et la ligne claire du désert de cailloux – et le ciel vaste sur lequel sa chevelure blonde vibrait au soleil du matin.

Pendant un bref instant, Luis oublia Maria, le bébé à venir, le prix Pulitzer. Il s'oublia lui-même. Le désir de cette femme se manifesta dans son pantalon malgré lui. Il eut honte, saisit la main que lui tendait Stella et se laissa guider vers une zone ombragée à l'abri des rochers.

« On sera plus au calme là-bas », fit Stella.

Brown leur tourna le dos et alluma une cigarette, fixant l'immensité. C'était moins grandiose que la vision précédente de Stella, beauté sur la beauté, mais son attitude, ses épaules massives imprimées sur l'infini lui donnaient tout de même une certaine allure.

Une fois installée à l'ombre, Stella ôta son t-shirt :

« Est-ce qu'on peut commencer par faire l'amour ? »

Luis regardait sa poitrine ferme aux aréoles roses, les tétons durcis par le désir. Une anecdote raconte que Giotto aurait dessiné un cercle parfait à main levée. Et s'il avait connu cette histoire, Luis l'aurait évoquée pour décrire les seins de Stella Thibodeaux.

Molina tendit son bras, caressa le sein gauche comme il toucherait sous peu le crâne de son bébé, émerveillé et malhabile.

« Rhabillez-vous, Stella, s'il vous plaît.

— Vous êtes marié ?

— Aussi.

— Quelle différence ça fait ?

— Je ne peux pas coucher avec mes sources. C'est une question d'éthique. Mon reportage ne serait plus défendable.

— Brown ne peut pas pour des raisons morales et vous

pour des raisons professionnelles, ce qui revient au même, soupira Stella. On dirait que faire simplement l'amour est devenu une chose compliquée... »

Molina chercha le petit enregistreur vocal dans son sac à dos et le posa entre eux.

« C'est quoi ce bidule ? demanda Stella.

— Je vous pose des questions, vous répondez, c'est tout. Ça me permettra d'écrire plus facilement mon article. On dit que vous seriez une sainte, Stella. Je crois que c'est la première fois qu'une sainte est interviewée. Peut-être que c'est même plus intime que de faire l'amour, vous ne croyez pas ?

— Si vous le dites, monsieur le journaliste. Moi je dis que c'est moins drôle, mais bon, allez-y, posez vos questions », dit Stella en remettant son t-shirt.

Luis Molina enclencha l'appareil. Un geste insignifiant lui donnant rendez-vous avec l'Histoire...

Luis pose les questions.

Stella lui répond.

... Mais ce sont les actes qui font foi, n'est-ce pas ? Ou leur absence et le vide. On a besoin des mots, certes, mais le noyau dur, le cœur et le centre des choses est ce qu'on fait. On peut bien l'écrire, il faut d'abord le vivre.

Il faut surtout le vivre.

En attendant, Stella parle.

L'interview se déroule, la parole est libérée, bien que Stella n'ait rien à libérer du tout ; ce qu'elle est, elle l'ignore. Surtout qu'elle n'a rien demandé de cette grâce qui lui a été donnée et qu'elle n'a pas souhaitée. C'est étrange, maintenant qu'elle y pense : aucune Vierge ne lui est apparue, aucun Christ, seulement un jeune garçon qui lui ressemblait et qui avait voulu lui faire du mal.

L'interview se passe, elle sera intégrée dans le reportage que Molina prépare à son sujet pour le *Savannah News*. Une fois que l'article sera repris par les grands journaux du pays et d'ailleurs, Stella sera connue par des millions de lecteurs. Et puis, ce sera l'avalanche : la télévision, la radio, les médias « sociaux », ça se propagera comme une onde, tout ce que Luis Molina est sur le point de commettre et de provoquer.

Mais Stella est sereine, elle parle de sa vie simple, de l'acte simple de l'amour physique guérissant parfois les plaies du monde. Elle parle de sincérité, de loyauté, de délivrance bien qu'elle n'emploie aucun de ces mots trop vastes, rébarbatifs et vagues ; son vocabulaire serait plutôt celui de la bonne foi, de la simplicité et de la spontanéité. Et s'il fallait choisir un terme plus que tous les autres, ce serait la charité. Mais même ça, Stella l'évoque plus par sa façon de s'exprimer que par les mots eux-mêmes. Elle avoue avec un peu de honte qu'elle lit et écrit avec difficulté. Elle avoue avec franchise ce qu'elle est et, fondamentalement, elle est son corps.

Et puis voilà qu'on en vient à l'essentiel : il faut une preuve.

Molina s'épongea le front, interrompit l'enregistrement lorsque les mots furent épuisés. Stella alluma une cigarette et Brown alla chercher le jeune paraplégique qui avait attendu tout ce temps assis (il ne pouvait pas faire autrement même s'il l'avait souhaité) dans le corbillard.

Brown poussa le fauteuil roulant qui cahotait sur les pierres dures du désert. Parfois, le curé devait carrément soulever le fauteuil dont les roues s'enfonçaient dans le sable. Le garçon devait avoir l'âge de Stella, les cheveux longs et décolorés par le soleil comme l'ancien surfeur qu'il avait été.

Son buste était fort, il était beau jusqu'à la taille, ses jambes maigres flottant dans le pantalon d'un survêtement. Il n'avait plus rien à perdre depuis qu'il avait perdu l'usage de ses jambes. Brown l'avait convaincu, même si le jeune homme lui avait assuré ne plus avoir eu d'érection depuis son accident. Il s'appelait Tom.

Luis s'excusa auprès du garçon, c'était humiliant pour lui, mais il devait en être sûr, il ne pouvait pas juste se fier à la bonne foi de ses paroles.

« Ne vous inquiétez pas, dit Tom, ne vous gênez pas, c'est prévu comme ça. Depuis le temps, des tas de médecins ont palpé mes jambes, alors... »

Stella écarta le journaliste une fois sa vérification faite. Elle prit le relais et poussa la chaise qui cahota à nouveau sur les pierres en direction de la tente installée entre deux cactus géants. « La couronne d'épines du Christ » songea Brown. Molina vit Stella se pencher à l'oreille du garçon qui rit doucement après avoir entendu le secret des mots qu'elle lui avait chuchotés.

« Venez, fit Brown à l'adresse de Luis, maintenant c'est entre eux et Dieu que ça se passe. »

Brown décapsula deux bières de la glacière qu'il avait emportée à l'arrière du corbillard. Les deux hommes burent en silence, les fesses appuyées contre le capot brûlant. En fait, ils eurent le temps d'en boire plusieurs, fumant en silence et observant le soleil s'élever au zénith, immobiles et liquéfiés sous leurs chemises. Le métier de Molina demandait un foie solide. Ce fut un moment long et formidable, une méditation d'alcool et de feu, les paupières lourdes et la langue rendue sèche par la poussière et le tabac.

Jusqu'à ce que Molina et Brown voient le jeune garçon

apparaître debout sur un des rochers, Stella le soutenant sur ses jambes fragiles comme des échasses.

Ils le virent lever les bras au ciel, riant aux éclats :

« Je marche ! » hurla-t-il.

Je marche, arche, che e e e...

« Et je bande ! »

Je bande, ande, de e e e...

L'écho mourut dans l'infini, mais c'était une renaissance.

53

Le reportage de Molina avait valu au *Savannah News* un tirage multiplié par vingt et, comme prévu, avait été massivement repris dans les quotidiens majeurs du pays. La photo de Stella Thibodeaux avec son t-shirt *stars & stripes* posant dans le désert en fleurs, mains sur les hanches et affichant un sourire insolent, deviendrait une icône pour une entière génération. Les milieux politiques et économiques ne se gêneraient pas non plus pour utiliser l'image à leurs fins. Désormais, on était en mesure de recycler les capsules Nespresso, comme la photo d'une sainte très putain sur les bords. Et puis, le second cliché, montrant Stella soutenant le jeune homme à l'allure de surfeur, frêle sur ses jambes, les beautés conjuguées de la force et de la fragilité, ben ça, c'était pain béni (passez-moi l'expression) pour Nike et Quiksilver. Tout est justifiable pour tout le monde du moment que l'éthique est en sous-traitance et délocalisée.

Et puisque la tactique de Brown était celle d'avancer à visage découvert, la réponse du Saint-Siège nécessitait de s'adapter à l'inéluctable publicité faite à la jeune fille.

« Ce *fucking bastard* de curé nous a fait le coup de l'Annonciation », constata Carter.

Otto Mühl ne put s'empêcher de sourire, Gordini pouffa carrément, ce qui fit tiquer leur pape de patron :

« Un peu de tenue, par tous les saints ! Et c'est valable pour vous aussi, Carter ! Un claquement de doigts et vous célébrez la messe dans un village morne et boueux du Mato Grosso, c'est compris ? ! »

Cette fois, pas de café ni de croissants. Juste de l'eau minérale, plate ou gazeuse. La salle non plus n'était pas celle du faste papal, mais une annexe fonctionnelle des bureaux pontificaux pourvue d'ordinateurs, d'écrans et de modems, bref l'habituel attirail technique ayant pour but l'efficacité et non le charme de l'inutile. Même si, malgré tout, un résidu de poésie s'insinuait au travers d'une fenêtre qu'on avait laissée entrouverte, l'odeur soudaine de la pluie s'écrasant sur les pavés secs et poussiéreux de la capitale italienne engorgée par la circulation, les aiguilles des pins parasols frémissaient au contact des gouttes chargées de sel marin, une pluie massive et grasse qui rendait Rome mélancolique comme aurait pu le chanter Properce dans un de ses jours d'humeur dépressive.

Sur la table devant eux, était étalée toute la presse s'interrogeant sur les réels pouvoirs de Stella Thibodeaux.

« Ça, c'est la pointe de l'iceberg, *Gottverdammt* ! reprit Simon II dont les origines germaniques ressortaient sous le coup de l'irritation et de la colère. Que dit le monde chrétien, Otto ?

— Heu, au sens strict ou large ? questionna le secrétaire.

— Large, évidemment ! Mormons, baptistes, anabaptistes, protestants... Que disent-ils ?

— Effectivement, nous avons un éventail, une palette surprenante de...

— Synthétisez, bon sang !

— Heu, par exemple, nous observons des... des condamnations fermes pour hérésie de la part de la fraternité d'Écône ainsi que des orthodoxes grecs et russes. En revanche, les anglicans seraient prêts à accueillir positivement la nouvelle annonçant une manifestation divine. Si les États-Unis donnent leur feu vert, la Grande-Bretagne appuierait sans réserve les miracles observés...

— Ne comptez pas sur moi ! hurla Carter.

— Et les juifs ? s'enquit Gordini.

— Ils refusent catégoriquement que le Messie encore attendu puisse être une femme. Ils sont de notre côté. Quant aux musulmans, on ne pose même pas la question.

— Les sectes ? insista le doyen du Sacré Collège.

— Un emballement total : les évangélistes ainsi que les Témoins de Jéhovah sont d'ores et déjà des fervents... L'Église de Scientologie est prête à accueillir la jeune fille à Gold Base et à la soumettre aux tests scientifiques les plus poussés afin de prouver leur théorie dianétique... On assiste même à une résurgence des raëliens et de leur chef de file Claude Vorilhon, affirmant que Stella Thibodeaux est une Élohim...

— Que ce gourou brûle en enfer ! lâcha Simon II en se signant.

— Il y a même cet écrivain, français, heu... (Otto Mühl se pencha sur ses notes pour retrouver le nom) Michel Houellebecq, qui est prêt à rencontrer Stella et...

— Qui ça ?

— Michel Houel...

— C'est bon, on s'en fiche !

— Quant aux différents groupes de pression et lobbies, le mouvement LGBTQIA+ est naturellement fan, le mouvement pour la...

— N'en jetez plus, par pitié ! » conclut Simon Zwei.

Carter avala une gorgée de San Pellegrino, posa bruyamment le verre sur la table comme s'il se trouvait assis au comptoir d'un bar du Kentucky. Soit il cherchait à attirer l'attention, soit c'était les nerfs. Les deux, je pense.

« Ce père Brown a réussi à convaincre le directeur du Caesar's Palace de mettre à sa disposition la salle de spectacle pour l'événement du siècle : assister à des miracles en direct !

— Ne me dites pas qu'on verrait cette... sorcière copuler en public ! s'étrangla Simon II.

— Non, bien sûr, une dizaine de malades seront sur scène, ils présenteront leurs cas. Ensuite Stella les emmènera dans les coulisses et ils en reviendraient guéris. D'après nos dernières informations, le père Brown en aurait déjà recruté trois.

— Ont-ils un profil particulier ? demanda Gordini le plus sérieusement du monde.

— À part leur maladie ou handicap ? Aucune idée, répondit Carter.

— Qu'on se renseigne là-dessus, ordonna Sa Sainteté.

— Et comment a-t-il réussi à convaincre le directeur de l'hôtel ? insista le doyen du Sacré Collège.

— Un de ses fils est atteint du syndrome latéral amyotrophique », intervint Otto Mühl.

Le Pape frotta son pouce sur les commissures de ses lèvres déjà irritées, ce qui présageait un accès imminent de boulimie. Il avait encore pris deux kilos en deux jours malgré ses séances sur le tapis de course. Sa robe menaçait de ne plus pouvoir le contenir. Ses mouvements étaient engoncés, il lui faudrait d'urgence commander une nouvelle soutane, songea le secrétaire.

« Ô Dieu ! Nous auriez-Vous abandonnés ? implora Simon II en regardant le plafond.

— Il y a tout simplement que cette petite salo... Cette fille a trouvé un ange gardien, le meilleur qu'on puisse imaginer, affirma Carter. Elle est protégée par ce prêtre qui est une vraie bombe à retardement...

— Et nous, on fait tic-tac et on s'adapte, affirma Gordini.

— Les frères Bronski sont les meilleurs qu'on puisse trouver, tonna le cardinal américain. Ils ont fait le boulot, ils ont juste joué de malchance, et...

— Laissez-le continuer, l'interrompit le Pape.

— Je sais, Carter, dit posément Gordini. Voilà ce que je propose : vos Bronski ne bougent pas. Ils restent tapis dans l'ombre. Ils attendent. Quant à vous, vous allez jouer le jeu et vous rendre au Caesar's Palace le jour J afin d'assister à l'événement. Au pire, on récupérera tous les honneurs du succès de Stella, et on avisera à ce moment-là, je préparerai un discours dans ce sens. Nos théologiens épluchent les Évangiles, compulsent tout ce qui peut être en lien avec Jésus et la parabole de la femme adultère, ils nous trouveront quelque chose de viable, quitte à l'inventer s'il le faut. Mais auparavant, Carter, il faut absolument que quelqu'un puisse approcher cette fille, elle a forcément une faille, vous comprenez ce que je veux dire ? Il faut qu'on puisse la jauger...

— Une faille ou une faiblesse... Vous me redonnez espoir, cardinal Gordini, fit le Pape.

— J'ai la personne qu'il nous faut, affirma Carter.

— Elle devra la retrouver dans sa chambre et la voir seule à seule. J'imagine que ce Brown a mis en œuvre un système de protection.

— Elle en fera son affaire.

— Et vous, c'est le moment que vous choisirez pour rencontrer ce prêtre. Je veux que vous sondiez le bonhomme, que vous découvriez le cas échéant s'il a un autre as dans la manche.

— Et le journaliste ? demanda Otto.

— Il nous servira plus tard. On le laisse tranquille pour le moment », ajouta Gordini.

Simon II arracha une croûte au coin de sa bouche. Otto Mühl comprit que le moment était venu.

« Bien, je propose de prendre notre pause déjeuner, déclara le secrétaire. Le cardinal Gordini nous exposera les détails de son opération cet après-midi après la très sainte et indispensable sieste.

— *Sic fiat. Quam prodicta dies*[1] » acheva Simon II.

54

« C'est pas dans notre nature, décréta Billie.

— De quoi tu parles ? demanda Mike achevant une réussite sans parvenir à retourner toutes les cartes.

— Moi qui regarde par la fenêtre et toi qui joues au solitaire. Enfermés dans cette chambre à attendre, bordel !

— Chez les Grecs, on se demandait comment devenir humain en adhérant à notre nature profonde. Nietzsche

1. Qu'il en soit ainsi. La séance est levée.

posait la question inverse : comment devenir soi-même et s'inventer en dehors des contraintes de toute nature humaine.

— C'est ce que je dis : on est fait pour agir, Mike.

— Nous sommes des roseaux pensants, Billie. Faut juste faire le vide dans ta tête. Ne rien faire, c'est faire aussi. Notre moment reviendra.

— Ah, ouais ? Tu sais ce que je te dis, moi ? Que je ne peux pas rester en place et qu'en même temps, je suis prisonnier de ce foutu endroit !

— Le classique *Dasein* d'Heidegger : parmi toutes les possibilités, on reste attaché à ce qui est tangible. En perpétuelle transition entre le passé et l'avenir. Une fois que t'as compris ça, t'as plus à t'inquiéter de rien.

— Ben, en attendant, l'Homme des lointains que je suis va aller chercher des bières et des clopes. Ras-le-cul, putain. »

55

Brown se demandait s'il n'avait pas dépassé son seuil de compétence en organisant tout ce bordel. Il avait même réussi à arracher un dix pour cent sur les recettes de la vente des billets, assurant à Stella de quoi se racheter un camping-car et, peut-être, la convaincre ainsi à renoncer à son métier (bien que, sur ce point précis, il avait quelques doutes, Stella faisait partie des prostituées à vocation).

Quoi qu'il en soit, tout était prêt : il avait trouvé ses dix infirmes, mobilisé presse et télévision – l'exclusivité étant toutefois réservée à Luis Molina : le seul journaliste autorisé à accéder aux coulisses et à approcher Stella. L'événement était prévu pour le soir même, ouverture des portes à 21 heures, le show débutant 30 minutes plus tard. Jimmy Fallon du *Late Show* ferait le déplacement depuis New York pour animer cette soirée exceptionnelle et interviewer les invités. Le Caesars s'était également occupé de la publicité et de faire venir quelques artistes afin d'animer les intermèdes pendant lesquels Stella serait dans sa loge occupée à accomplir ses *résorptions*. La salle de spectacle de l'hôtel, le fameux Colosseum, affichait complet, une jauge de 4 000 personnes.

Les éclopés avaient été lavés, nourris et bichonnés. Ils logeaient ensemble dans deux suites et n'en revenaient pas de se retrouver là, à l'aube d'une nouvelle vie, alors que la veille ils faisaient encore pour certains la manche dans la rue et logeaient au YMCA de Durango drive. Parfois, la communication était difficile, l'aveugle parlant au sourd, mais l'opportunité de se voir touchés par la grâce les rendait solidaires.

En dehors du fils du directeur et de sa leucémie, Brown avait opté effectivement pour des profils télégéniques : sourds, aveugles, muets et divers genres de paralytiques. Le public devait pouvoir accéder visuellement au miracle, il fallait envisager l'aspect théâtral de la chose, la religion catholique s'était construite sur des symboles puissants et évocateurs : la croix, la couronne d'épines, le saint Suaire, la Madone... Sans compter l'entière iconographie développée au cours des siècles.

Dans le contrat, il était stipulé que Stella n'était pas tenue de les guérir tous, elle-même était soumise à une marge aléatoire d'incertitude où un miraculé sur dix serait déjà suffisant. Elle avait expressément demandé au prêtre de lui trouver des malades les plus sincères possible, chose difficile à évaluer, on en convient. Brown les avait soumis à l'épreuve du confessionnal. Pour l'occasion, et parce que jusqu'à nouvel avis il n'avait pas été défroqué, Brown avait renoué avec la sobriété de la tenue vestimentaire liée à sa fonction grâce à un collègue de la paroisse locale de la Guardian Angel Cathedral qui lui avait prêté les vêtements appropriés. Enfin, l'événement était placé sous l'égide d'un huissier et de deux médecins pour certifier sur l'honneur l'état d'infirmité des participants. Et le cas échéant, leur guérison si elle se manifestait.

Tout cela avait pris une telle ampleur que le représentant des dix-sept cardinaux américains, son éminence Jeremy Carter, avait annoncé qu'il assisterait en personne à l'événement. Et lorsqu'à 18 heures précises, le groom – après avoir passé le cordon du service de sécurité de l'hôtel exigé par Brown –, frappa à la porte de sa chambre pour lui remettre un pli à l'en-tête de l'archevêché de Washington, le prêtre se dit qu'il avait peut-être pété plus haut que son cul.

56

Brown vérifia le chargeur de son automatique et le coinça dans son dos. Sous le veston noir, on ne voyait rien de la crosse dépassant du pantalon. Il était rasé, ses cheveux impeccablement coupés, les ongles manucurés. Son col romain amidonné comme il se doit par la blanchisserie de l'hôtel. Déjà prêt pour la soirée qui s'annonçait. Il verrouilla la porte de la chambre, s'assura que les trois hommes du service de sécurité étaient en place. Il leur avait décrit par le menu l'aspect des frères Bronski, et je crois que l'image s'est inscrite à jamais dans leur mémoire. En son for intérieur, Brown souhaita qu'ils ne les rencontrent jamais. Inutile d'effrayer trois malabars d'un quintal armés de Uzi.

Brown sortit de l'ascenseur, traversa le hall animé de l'hôtel d'un pas égal, attentif à ce qui pouvait détoner dans le flot des touristes et des clients arpentant les lieux. Il avait mobilisé tous ses sens, les réflexes de ses années de guerre remontaient naturellement en lui. Une fois qu'on devient un *Seal*, on le reste jusqu'à la mort. Et la mort rôdait. Il le sentait. Généralement, et à moins d'être dans un lieu où elle se manifeste clairement, une scène de guerre par exemple, elle ne donne aucun signe de sa présence. Elle est un peu comme le squale des *Dents de la mer*, elle se déplace en silence sous l'apparente quiétude de la vie. Le plus souvent, elle est à l'œuvre depuis des années, à l'insu des baigneurs sur la plage. Non, ce qu'il percevait relevait de l'intuition. Et lorsque, en quittant l'hôtel, il croisa cette femme à la plastique sinueuse dans son tailleur sobre, que cette femme lui adressa un sourire qui était à la fois chaleur et invitation – ses yeux verts semblant lui dire « Je vous attends, monsieur » –, Brown sut qu'il mourrait bientôt. À ce moment précis, il aurait pu revenir en arrière et tout arrêter. Du moins, tenter de faire quelque chose pour stopper la machine et continuer de fuir. Ou abandonner Stella. Il n'en fit rien, bien sûr, il se retourna pour regarder cette femme s'éloigner, cette silhouette souple et tendre qu'il ne prendrait jamais dans ses bras. Quelles étaient les paroles de John William, déjà ? *There's a long goodbye and it happens every day...*

La porte à tambour tourna sur elle-même, Brown sortit du hall de l'hôtel et s'arrêta un instant en haut des marches, apercevant devant le Colosseum, la cohue que la police avait peine à contenir. Outre le public attendu dans la salle, une foule de badauds se pressait devant l'entrée principale. Une centaine d'infirmes étaient sortis de leurs cartons ou de leurs logements de fortune, curieux de savoir s'il y aurait un quelconque espoir pour eux.

Brown sourit, gratta la pierre de son briquet en plastique et alluma une cigarette. La limousine l'attendait au pied de l'escalier. Le voiturier de l'hôtel s'empressa de lui ouvrir la portière. Brown s'engouffra dans la Cadillac.

Qu'importe de mourir, du moment que c'est dans le flux de la vie, et non sur un lit d'hôpital, songea Brown.

57

Brenda More traversa le hall de l'hôtel. Elle avait trouvé le père Brown séduisant dans son costume sobre. Dans un monde meilleur, on saurait qu'ils étaient faits pour s'entendre. Le genre d'homme qu'elle aurait pu engager, un homme loyal sur qui elle aurait pu compter. Et puis, elle n'aurait pas eu à se forcer pour le regarder, pas comme les Bronski tant ils étaient repoussants.

En appuyant sur le bouton du dernier étage de l'ascenseur, Brenda songea aux faucons qu'il ne fallait pas fixer dans les yeux au risque de les effrayer à mort. Le regard des humains, semble-t-il, avait le pouvoir de faire exploser leur petit cœur de terreur.

Et Stella Thibodeaux, à sa façon, était un animal sauvage. Peut-être pas un faucon, quoiqu'on ne sache jamais vraiment quel degré d'instinct chacun porte en soi.

Brenda sortit de l'ascenseur et se dirigea vers la salle des femmes de chambre d'étage. Elle frappa à la porte, attendit, puis sortit son passe-partout. Comme convenu, un uniforme repassé était posé sur un cintre derrière la porte. Elle se dépêcha de se changer, ajusta sa tenue face au miroir et ressortit avec un chariot qu'elle poussa sans bruit dans le couloir menant à la chambre de Stella.

Les trois malabars de la sécurité regardèrent son cul, vérifièrent son badge et les serviettes pliées sur le chariot : aucune arme ni objet contendant. Celui qui paraissait le plus cordial des trois malgré sa cicatrice sur la joue, s'excusa et la fouilla au corps. Brenda se laissa faire sans réagir. « C'est pas trop tôt, dit-il, vos collègues ont déjà fait les chambres voisines.

— La cliente a demandé qu'on ne la dérange pas.

— Sainte ou putain, elle pionce sacrément la fifille au curé ! »

Les deux autres s'esclaffèrent. Brenda sentit comme de petites dents acérées mordre son cœur. Elle avait beau être ici pour un sale boulot, elle ne put s'empêcher de se sentir solidaire de Stella, d'espérer sincèrement que d'une façon ou d'une autre, elle finisse par s'en sortir.

Brenda frappa deux coups brefs à la porte, posa sa carte magnétique sur le support et entra dans la suite de Stella Thibodeaux. Elle attendit, silencieuse. Mais la jeune fille ne se manifesta pas. La musique d'un poste radio provenait de la salle de bains. Brenda Moore dévissa rapidement le bouchon d'une des bouteilles de détergent et en retira une seringue remplie d'un liquide opaque. Elle ôta ses chaussures et traversa sans bruit la vaste pièce.

À travers la porte entrouverte, elle aperçut Stella enveloppée par les bulles de son jacuzzi. Seuls sa tête et ses bras dépassaient de l'eau, ses lèvres charnues et sensuelles, ses grandes paupières fermées, avec la respiration lente de quelqu'un qui s'est assoupi.

Brenda fit coulisser le battant. Elle s'approcha et souleva délicatement le bras de la jeune femme, retourna sa main et parcourut sa ligne de vie. Elle avait beau avoir éliminé des centaines de gens, Brenda se sentait soudain curieuse et intimidée. La seringue coincée entre ses mâchoires, elle hésita pour la première fois. Ce serait son secret à elle, cette impuissance à elle, le talon d'Achille révélé de Brenda Moore. Quelque chose la retenait et l'empêchait d'aller jusqu'au bout. Elle prit son pouls, qui battait lent et régulier. Elle comprit que la jeune femme se rassemblait, qu'elle s'était sans doute enfermée dans une stase afin de convoquer les forces qu'elle redistribuerait plus tard aux infirmes. Brenda n'avait pas reçu l'ordre de faire cesser de battre le cœur placé à droite de Stella Thibodeaux, mais il lui avait été demandé quelque chose de bien plus moche que de tuer, finalement : lui ôter sa dignité. Elle eut un peu honte, mais la vie et la mort étaient comme une partie d'échecs sans cesse disputée, et son camp n'était pas celui du cri des nouveau nés. Et parfois, entre la vie et la mort, il y avait le mensonge et la trahison.

Au moment où l'aiguille pénétra le derme, Stella gémit. Brenda appuya sur le piston et le liquide s'écoula dans son corps. Stella balbutia quelques mots, tenta de se dégager, mais déjà elle retombait molle dans l'eau tiède qui remuait ses bulles.

Brenda cala la fille de façon à ce qu'elle ne risque pas de se noyer, posa sa nuque sur le rebord du jacuzzi. Une dizaine de minutes tout au plus, et puis elle se réveillerait et ne se souviendrait de rien. Brenda releva la manche de son uniforme, glissa son bras dans l'eau chaude et trouva le sexe de Stella, ses lèvres étaient douces et fluides. Les doigts de Brenda, malgré l'eau chaude, restaient froids. Ils pénétrèrent dans la cavité. Des doigts qui avaient tué, brisé, torturé. Des doigts qui avaient fait tant souffrir.

Qu'est-ce que ça fait quand la cruauté rencontre l'innocence ?

Avant de partir, Brenda posa sa bouche sur celle de Stella.

Adieu ma jolie.

Elle lui parut comme une sœur illégitime, ou une amoureuse, une maîtresse qui se baignerait nue de l'autre côté du fleuve.

Un fleuve au courant infranchissable.

Le baiser de Judas.

58

La conversation à l'arrière de la limousine entre Brown et le cardinal Carter avait été décevante et médiocre. Le genre d'échange où chaque partie en sort perdante, parce que l'intelligence a fait défaut. Ou alors quand on n'a pas le choix et que chacun campe sur ses positions. Le chauffeur empruntait les rues de Vegas au hasard, sa conduite était si souple qu'elle donnait la nausée à Brown. D'abord, Son Éminence précisa qu'elle le rencontrait incognito, ensuite elle entama une série de périphrases pour en arriver à la conclusion que le petit curé de la cambrousse avait fait la connerie du siècle en prenant position sans consulter sa hiérarchie. Maintenant que le mal était fait, il s'agissait de parer au plus pressé en adoptant une tactique quelque peu improvisée qui prenait le Saint-Siège de court.

« Encore faudrait-il que cette pu... que cette fille accomplisse réellement des miracles, ajouta, sarcastique, son Éminence.

— Vous savez comme moi qu'elle en est capable, sinon vous n'auriez pas fait disparaître les témoins.

— Mensonges et suppositions.

— Vous parlez comme le mafieux que vous êtes, Carter.

— Et vous comme le vulgaire soldat d'un Dieu qui n'est pas le nôtre. Vous rendez-vous compte de ce que vous avez mis en jeu ? La position délicate, politiquement délicate et instable, dans laquelle vous mettez notre Sainte Église ? Vous vous prenez pour qui ? Un de ces preux chevaliers à la con ?

— Il ne fallait pas vous attaquer à elle. J'ai commis l'erreur de relayer la confession de Robert Smith, paix à son âme. Je croyais que la grâce n'endossait pas de forme particulière, qu'une prostituée au fin fond de la Géorgie avait autant de chance d'accéder à la miséricorde qu'une héroïne de l'histoire de France. Mais le dogme sera renversé, vos Paul de Tarse, vos saint Augustin, vos saintes toujours pucelles et martyres... Votre ennemi, ce n'est pas moi, c'est la liberté, c'est la délivrance par l'Amour de toutes vos hypocrisies et de vos convenances, c'est vos péchés et vos règles, la religion mère de la psychanalyse et de la possession des âmes... Moi je l'ai vue faire, Carter, redonner des jambes et une dignité d'homme à un impuissant, et c'est elle qui gagnera...

— Je l'espère pour vous. Dans le cas contraire, vous serez frappé d'anathème.

— Arrêtez vos salamalecs. On n'emploie plus ce genre de mots.

— Alors, sachez que le courroux de Simon II sera proportionnel à votre connerie. Je crois qu'on s'est tout dit, Brown, on va s'arrêter là. Chauffeur !

— Non, il y a une dernière chose : vous direz à Simon II d'aller se faire mettre bien profond par son secrétaire. Si ce n'est pas déjà fait, bien sûr. *Auf Wiedersehen.* »

Voilà, en substance, le suc de cette conversation.

Chaque partie bien campée sur ses positions, en effet.

En regagnant la chambre de Stella, Brown se dit qu'il n'aurait pas pu en être autrement, la messe était déjà dite depuis belle lurette. Pourtant, dans son dos, comme le singe accroché sur les épaules d'un junkie, restait cette impression tenace d'avoir été manipulé afin de l'éloigner de Stella.

Brown hâta le pas, appuya plusieurs fois sur le bouton de l'ascenseur, se mit carrément à courir dans les couloirs de l'hôtel. Il se rassura quand il vit les trois gardes du corps à leur place ne lui signalant aucune visite ou mouvement suspects en dehors de la femme de chambre.

Stella était encore dans son bain à bulles quand il ouvrit la porte. L'horloge de la chambre disait que dans quelques heures ces salopards ne pourraient plus rien contre elle et qu'il aurait accompli sa mission.

59

Dans sa loge privative, Stella n'avait voulu ni coiffeur ni maquilleuse. Le *Colosseum* mettait à disposition son équipe et bien d'autres choses encore, comme le champagne, les fleurs et les petits fours. Sur scène, des danseuses en jupes à frou-frou et jarretières levaient haut leurs jambes, menant leur show de quadrilles sur la musique d'Offenbach.

L'aspect saloon et maison close à la parisienne célébrait ce lien historique entre la France et les États-Unis ; le bleu-blanc-rouge commun à leurs drapeaux, l'hymne à la démocratie de Tocqueville, et la *Liberté éclairant le monde* d'Auguste Bartholdi. Tout ça était kitsch et maladroit, mais que peut-on demander d'autre à Las Vegas ? La salle réagissait avec enthousiasme, on entendait comme un grondement sourd parvenir jusque dans les loges où Stella se sentait comme prise au piège.

La jeune femme se regardait dans le miroir entouré d'ampoules. Elle était seule. Aucun fard sur son visage, ses vêtements étaient ses frusques habituelles, le t-shirt aux couleurs de l'Amérique, son short en jean, ses tongs. Tout ça était propre et sentait la lessive, ça lui faisait drôle, ce n'était pas son odeur naturelle. On lui avait aménagé une chambre dans la loge voisine, avec un lit *king size*, des bougies et tout plein de serviettes éponges. La douche attenante réservée aux artistes avait été briquée à l'eau de Javel. Elle avait vu la chambre et l'avait trouvée triste. Pas plus moche que son camping-car, pas plus moche que ces lieux inconfortables où elle avait prodigué de l'amour. Simplement plus triste, parce que tout ça avait un but et devait aboutir à un résultat.

Deux coups brefs à la porte, Stella alla ouvrir, laissant entrer Brown, les deux hommes du service de sécurité restèrent dehors. Stella se rassit devant le miroir, but un verre d'eau et alluma une cigarette.

« C'est la folie, fit Brown, le public est survolté et ça vient seulement de commencer. Dehors, les flics sont sur les dents, un tas de sans-abri et toutes sortes de travailleurs pauvres se sont ajoutés à la manifestation...

— Mais... Que veulent-ils, Jimmy ?

— De l'espoir, Stella. »

Le prêtre alluma lui aussi une cigarette. Il cherchait à masquer sa nervosité, y parvenait au prix d'un effort qui demandait toute sa maîtrise d'ancien soldat.

« Comment te sens-tu, ma belle ? »

C'était la première fois qu'il la tutoyait, et ça aussi c'était une chose à laquelle elle ne pouvait pas se faire, tout allait trop vite.

« Je sais pas, je... D'habitude, je le faisais sans y penser, j'étais dans la vie, dans le mouvement, vous comprenez ?

— Tout ira bien, tu... vous verrez, il suffit d'être simplement ce que vous êtes, comme vous êtes, n'est-ce pas ? »

L'assistante de Jimmy Fallon, le *show runner*, frappa à la porte. Brown déverrouilla.

« Cinq minutes, dit la fille.

— On sera prêts », la rassura Brown qui referma aussitôt.

Stella éteignit son mégot dans le cendrier au logo de l'hôtel. Elle fit quelques grimaces devant la glace.

« J'ai fait un rêve, tout à l'heure, quand j'étais dans le bain à bulles. Une femme est apparue. Elle était très belle, avec des yeux verts. Sa main s'est posée sur moi et... ses doigts étaient si froids, c'était à la fois doux et inquiétant...

— La Sainte Vierge ? s'enquit Brown.

— Je ne sais pas, Jimmy. Est-ce que la Vierge peut vous donner du plaisir ?

— Comment ça, du plaisir ?

— J'ai joui dans mon sommeil. Un orgasme de jeune fille, comme j'ai pu le ressentir les premières fois que j'ai découvert tout ce plaisir en moi, ce plaisir que je pouvais renouveler tant que je voulais, le monde n'existait plus tant il me submergeait... »

Brown se gratta la tête, beaucoup de choses le dépassaient dans sa simple vie d'homme.

« J'ignore ce que cela signifie, Stella, mais dès ce soir, vous serez libre de faire ce qui vous chante, de fuir ou de rester, mais vous serez libre parce que vous serez encore en vie. »

Stella prit sa main dans la sienne. Elle le fit avec précaution et une infinie douceur, un remerciement et une consolation. Ses yeux lui disaient de ne pas s'inquiéter, quoi qu'il arrive, il ne fallait jamais s'inquiéter. Que s'inquiéter était inutile.

On frappa une nouvelle fois.

« Une minute ! » les prévint la voix derrière la porte.

60

Jimmy Fallon chauffait la salle, les décibels montaient en puissance, ce savoir-faire qui ressemblait à un prêche, et Brown, plutôt taiseux dans son genre, comprit pourquoi l'Amérique était le pays des bonimenteurs et des prédicateurs. Il y avait une telle disponibilité au rêve que si quelqu'un assurait qu'il pouvait vous le vendre, alors vous faisiez tout pour l'acheter. Et à n'importe quel prix.

Le public dans la salle était déjà surexcité avant même que Stella Thibodeaux n'entre sur scène, souple et sauvage, courageuse et amusée. On parle du silence qui se fit soudain chez Maxim's quand Gary Cooper apparut dans la salle, vêtu d'un smoking blanc. Eh bien là, c'était pareil, mais en plus grand, en plus magique, en plus prodigieux et littéraire. Forcément plus grand que la vie. Le public n'était plus qu'un murmure, et puis un souffle, et puis un silence absolu, plat et stellaire. Sur la scène, Jimmy Fallon lui-même, pourtant habitué à accueillir les stars les plus connues, en resta sans voix. Les médecins se figèrent, les infirmes baissèrent la tête, tremblants et stupéfaits. Stella était une créature. Stella était une divinité. Stella était une déesse. Tous l'avaient compris au plus profond d'eux-mêmes, dans leurs cœurs et dans leur sang. À l'écart, Brown mesura la magnitude de l'impact. Son regard se fixa sur les premières rangées où se trouvait le cardinal Carter : une sorte de béatitude dans son expression lui fit croire qu'à ce moment précis, lui aussi souhaitait que tout cela fut vrai. Que la grâce se fasse chair, qu'on le sache, et qu'on n'en parle plus pour des siècles et des siècles.

Amen.

Bien sûr, le mouvement allait reprendre, il reprenait, et l'acclamation qui suivit poussa la flèche de l'applaudimètre dans le rouge.

Stella fut présentée, et elle s'adressa au public en disant *Bonsoir, sachez que je vous aime, je vous aime tous...* Une sorte d'hystérie collective se propagea d'un spectateur à l'autre ; chacun d'eux sut qu'elle les regardait, eux, l'un après l'autre, homme ou femme, jeune ou vieux, beau ou laid, vous et personne d'autre, et l'humanité entière en vous.

Votre chair, votre sang.

Vous. Eux. Moi.

Et cet amour était réel.

Et le premier infirme, un aveugle, fut accompagné sur scène et suivit Stella en se tenant à son bras.

Et personne ne songea un seul instant que tout cela puisse être sale.

Qu'un corps touchant un autre corps puisse être un péché.

61

La foule.

Chaque individu qui la compose est unique.

Voilà ce qu'avait su faire Stella : les rendre uniques, les isoler du groupe pour en faire des entités, des atomes.

Mais la foule redevenait sauvage et moléculaire, la foule s'impatientait, il fallait lui donner ce qu'elle attendait, et le miracle n'arrivait pas : il y avait eu l'aveugle, le sourd, le muet, le sourd-muet, le paraplégique. Cinq sur dix.

Et toujours rien.

Dans les coulisses, Luis Molina recueillait leur témoignage à la sortie de la chambre, il le faisait avec tact, évacuait l'aspect charnel de la chose, parlait d'énergie, de flux, de sincérité, de pureté et d'étonnement. Une interprète traduisait en langage des signes quand c'était nécessaire, il avait écrit des questions, il distribuait des stylos et un bloc-notes pour ceux que ça arrangeait, même si la plupart ne savaient pas quoi écrire, quoi dire ou répondre. Tout cela était difficile. Ils sentaient encore la chaleur de sa peau, la tendresse et l'amour de Stella Thibodeaux dans leur chair. La félicité, ça oui.

Mais aucun d'eux n'avait recouvré la vue, l'ouïe, la parole ou l'usage de ses jambes.

La seule chose qui importait pour la foule : la révélation, la preuve.

Alors, seulement ils se prosterneraient.

Sinon, rien.

La haine en retour.

Jimmy Fallon maintenait vive la flamme sur scène, il y

mettait tout son talent d'orateur, recueillait les éclopés, suscitait les rires de plus en plus nerveux, introduisait le show des équilibristes, des magiciens, des contorsionnistes. Il transpirait abondamment, s'épongeait le front et le cou avec un large mouchoir de coton. Il masquait l'entrain qui allait diminuant, commençait à douter lui aussi. L'euphorie et l'attente des spectateurs tournaient lentement à l'irritabilité, leur impatience se manifestait par une sorte de lamentation commune chaque fois qu'un miracle avait échoué. Il les rassurait en répétant qu'il fallait de la patience, attendre, que les chimies se mettent en place, attendre, attendre, attendre.

Brown profita du spectacle des jongleurs pour prendre des nouvelles de Stella. Il la trouva assise au bord du lit, tête baissée. La pièce sentait la sueur et le rance malgré l'air conditionné et les bougies parfumées. Une odeur acide qui, dans ces circonstances, évoquait la laideur. Et les circonstances ne disaient ni ne présageaient rien de bon, les circonstances étaient humiliantes. Brown s'efforça d'écarter l'idée du désastre qui s'annonçait.

« Je n'y arrive plus, Jimmy. »

Il s'assit à côté d'elle, les draps froissés faisaient comme des bourrelets sur le matelas. Elle se grattait nerveusement la saignée du bras où un point rouge la démangeait. « Un moustique ? » demanda Brown. Stella ne répondit pas. Il chercha à la consoler en posant sa main sur son épaule.

« Laissez-moi, je vous en prie, ne me touchez pas. »

Brown croisa ses doigts, mais ce n'était pas une prière, juste les nerfs et le tourment qui le bouleversaient.

« Ne vous inquiétez pas, Stella. Il y en a cinq autres. Il suffit d'un seul, vous savez bien ?

— C'est comme si j'avais perdu quelque chose... Comme quand quelque chose manque dans une pièce et qu'on ne sait pas ce que c'est...

— Vous voulez manger un morceau ?

— Je vais très bien, je n'arrive simplement pas à savoir ce qui manque dans la pièce.

— Fermez les yeux, cherchez-le. »

Les paupières de Stella étaient lourdes, elle essaya de se remémorer l'intérieur de son camping-car, sa vie d'avant, elle chercha Santa sans la trouver, elle sentait un grand vide au creux de son ventre.

« Allez me chercher le suivant, Jimmy, s'il vous plaît. »

62

L'ancien lieutenant James Brown des *Navy Seals* avait connu cela. Le champ de bataille dévasté, ses hommes en charpie implorant qu'on les achève, l'opération militaire tournant au fiasco. Ça commence par le radio qui marche sur une mine et ça se termine par une retraite où chaque mètre reculé est un mètre de gagné. S'il devait dire à quel moment cela avait commencé à mal tourner, il n'aurait pas hésité : dès sa sortie de l'hôtel, quelques heures plus tôt. Une sensation vague, mais le ver était dans le fruit. Ou la pomme dans la gueule du serpent.

À présent que le fils du directeur du Caesar's Palace avait quitté l'alcôve de Stella sans que son état ne montre la moindre amélioration, Brown sut que c'était plié. Ils avaient gardé le rejeton pour la fin, le dernier des dix, dans l'optique d'un final en apothéose. Ce qui en soit était déjà un petit exploit, ledit rejeton étant homosexuel. Et là, ce n'était pas la sainte qui avait œuvré chez Stella, mais la bonne vieille expérience péripatéticienne.

Brown s'était éclipsé lorsque les premiers coussins des sièges avaient été démontés et lancés sur scène. Un cordon de sécurité s'était déployé au pied du podium afin de contenir le public. Il pourrait faire illusion quelques minutes avant que la horde ne se déchaîne et envahisse les coulisses. D'autres objets atterrirent sur le plateau, briquets et pièces de monnaie, un téléphone portable percuta l'arcade sourcilière du présentateur qui battit en retraite. On criait, invectivait, hurlait, crachait, insultait, pleurait, parfois le tout simultanément chez les plus atteints. Un intermittent du spectacle avisé, électro de son état, ordonna qu'on braque les projecteurs à pleine puissance sur le public en révolte. Ce qui fit gagner quelques minutes à tous ses collègues, permettant une fuite généralisée. Le sentiment qui prédominait était la haine. Et parmi les candidats au lynchage, Stella était en pôle position.

Ils attendaient d'elle l'espoir, et elle les avait trahis.

Mais Brown, attentif, avait précédé ce déferlement de ressentiment et s'était précipité dans sa loge. Il la trouva défaite par son impuissance à créer la moindre résorption.

« Stella, la femme dans votre rêve, comment était-elle ? lui demanda Brown.

— Jimmy, quelle importance maintenant ?

— Répondez, bon sang !

— Elle avait des cheveux satinés et ondulés comme ceux d'une actrice. Un beau visage, et la peau blanche, si blanche...

— Et dans votre rêve, elle était dans votre chambre ?

— Oui. À côté de ma baignoire.

— Elle vous a dit quelque chose ?

— Elle... Que si je me laissais faire, je serais libérée de tout, je serais une fille comme les autres... Elle m'a donné ce plaisir, vous savez ?

— Et qu'avez-vous répondu, Stella ? Stella ! ?

— J'ai... j'ai dit oui. »

Brown se remémora cette femme croisée dans le hall de l'hôtel, son regard. Il perçut encore ce frisson glacial parcourant son échine, l'invitation à mourir qu'elle lui proposait, mourir en suivant sa nature qui était le combat.

Luis Molina entra en coup de vent dans la loge, il portait des traces de lutte sur son visage, des hématomes, des griffures, sa chemise était déchirée et on lui avait arraché son Nikon.

« C'est la folie ! Ils arrivent ! »

Brown renversa le paravent et se précipita sur son sac de sport lourd de métal et de destruction.

63

Finir est plus difficile que commencer. Surtout quand il y a du bruit tout autour, de la confusion et danger de mort. Et c'était à lui qu'il incombait de finir : Brown.

Le prêtre en tête, le trio remonta le long couloir des loges, se cognant contre les murs, heurtant les éclairagistes, les costumières, les innombrables assistants, bref l'humanité des employés de l'ombre du *Colosseum*. Plus personne ne faisait attention à eux, mais à ce rythme-là, ils étaient bons pour se faire écharper dans moins de cinq minutes. Brown sortit son Mossberg du sac, chargea la culasse et tira dans le plafond. La cartouche creusa un cratère dans le placoplâtre, la poussière envahit le couloir mais, surtout, tout le monde se coucha à plat ventre, terrorisé.

Brown poussa une première, puis une seconde porte coupe-feu, empruntant ensuite l'escalier de secours menant aux parkings du sous-sol. Les sons se concentrèrent autour de leur fuite, essoufflements, marmonnements d'imprécations, bruits de chaussures résonnant sur le métal, sauf Stella qui s'était débarrassée de ses tongs et avançait pieds nus.

Considérant qu'ils étaient momentanément hors de danger, Brown s'arrêta sur un des paliers de l'escalier. Stella rebondit contre le dos massif du prêtre. Molina rit bêtement, la fatigue sans doute.

« Bien, fit Brown. La sortie du garage est à l'opposé de l'entrée principale, on devrait pouvoir s'échapper sans trop de problèmes. Luis, à quel sous-sol est votre voiture ?

— Troisième.

— Le corbillard est au deuxième. Je vous y attends.

— Comment ça, " vous " ? s'étonna Stella.

— Vous restez avec Luis. Vous vous couchez sur la banquette arrière et vous ne bougez plus.

— C'est une deux-portes, une Charade..., dit Molina.

— Et Stella est une contorsionniste ! Elle se démerde. Vous avez une couverture dans le coffre, ce genre de chose ?

— Je crois, oui.

— Alors, recouvrez-la avec. »

Brown sortit le pistolet automatique du sac, engagea une balle dans le canon, le tendit au journaliste.

« Je suppose que vous savez vous en servir ? »

Molina hésita, prit maladroitement l'arme dans sa main.

« Donnez-moi ça, fit Stella. Moi, je sais.

— Bien. Je vous attends au deuxième sous-sol et j'ouvrirai la voie. Si on devait nous intercepter, l'idée est qu'on croie Stella à l'arrière du corbillard, d'accord ?

— Ne devrait-on pas rester ensemble? suggéra le Hondurien (Hondurien, prolétarien).

— On fait comme je dis, Molina. Si nos chemins se séparent, et quoi qu'il arrive, vous allez au *Days Inn* d'Arcadia, entendu ? »

— ...

— C'est compris ?! Répétez !

— Au *Days Inn* d'Arcadia, d'accord, fit Molina.

— Et maintenant... »

Brown n'eut pas le temps de terminer sa phrase. Le téléphone de Luis vibra dans la poche de son pantalon, il ne voulut pas répondre, mais Brown lui intima de le faire, ne jamais négliger une potentielle source d'information.

« Allô ? » fit Luis.

Il écouta attentivement, répéta deux fois « oui » sans pouvoir dire autre chose et raccrocha, hagard.

« C'est l'hôpital, dit Molina. Maria est sur le point d'accoucher... »

Il fixa alors Brown et Stella :

« Ma femme est sur le point d'accoucher et moi je suis dans un parking souterrain de Las Vegas avec un curé défroqué et une sainte ratée.

— Sans compter que vous n'aurez jamais votre Pulitzer », ajouta Stella.

64

En réalité, on pourrait croire que l'on court toujours vers son destin, et ceci quoi que nous fassions. En réalité de la réalité, ce sont les frères Bronski qui ont raison, l'homme est bel et bien un être des lointains, suspendu entre les possibles et l'ailleurs, toujours incomplet dans le choix qu'il fait du présent et du réel, souvent décevant, il faut bien l'avouer. Mais ce codicille, c'est moi qui l'ajoute, pas Heidegger.

Et puisqu'on parle du loup, une Camaro vert bouteille avec deux lignes blanches sur le capot est garée à côté du corbillard. Deux Chevrolet aux modèles qui sont aux antipodes (modèles antipodiques ?). L'une où voyagerait la dépouille du conducteur ayant fait le con avec l'autre, si vous voyez ce que je veux dire ?

Et comme autrefois le cheval pour le chasseur de prime, aujourd'hui c'est l'automobile qui complète le tueur à gages.

Billie ou Mike, impossible de deviner exactement depuis ici, fume une cigarette, adossé à son véhicule. Il y a bien longtemps qu'il se fout des détecteurs de fumée, d'ailleurs il a arraché le sprinkler.

Brown pointe son Mossberg sur la vilaine bête et tire sans hésiter. La détonation se répercute dans les sous-sols à en faire frissonner le béton. Le pare-brise de la Camaro vole en éclat, et c'est bien dommage, tandis que le second frangin est une ombre prenant Brown à revers pour poser le canon d'un énorme pistolet, sans doute un .357 Magnum, sur l'occiput du prêtre.

« C'est regrettable de tirer avant même de causer, fait Mike dans son dos (c'est Michael, c'est décidé).

— À ta place, je ferais pareil et qu'on en finisse, rétorque Brown.

— Je partage ton avis, c'est juste qu'on doit te poser une simple question, et après t'iras au paradis des curetons. Tu poses ton fusil, voilààà, parfait. On peut dire que tu nous as bien fait chier, James Brown. En plus, tu sais quoi ? Nous, on est plutôt *country* que musique de nègres... » (Mike à son frère) : « C'est bon Billie, tu peux te relever ! »

Billie se remet sur pied, époussète sa veste à franges et pose un regard désabusé sur les dégâts causés à sa voiture. D'ailleurs, son erreur est de se concentrer sur sa Camaro, tournant le dos à son frère au lieu de le tenir à l'œil. Le problème, c'est qu'on touche à la fin, que tout le monde est fatigué et que même des pros comme Djokovic ou Nadal commettent parfois une double faute au cinquième set.

« Tu t'es quand même fait cueillir bien connement pour un Seal, ironise Mike.

— Et toi, t'es bien deux fois plus con. Et avec ton frère, je multiplie par quatre. »

Brown sourit : Stella Thibodeaux, pieds nus et féline, avait surgi dans le dos de Mike. Que Dieu la bénisse.

« Je crois que tu as la réponse à ta question, tête de nœud », ajoute Brown en prenant le revolver de la main de Mike.

Luis déboule alors au volant de sa Charade, elle en aura vu des choses cette mini bagnole depuis une semaine, et c'est pas fini. Il faudra lui réserver une place à part au cimetière des autos.

Le petit cul de la Daihatsu se déhanche en faisant crisser les pneus, Molina se penche et ouvre la portière, se démène pour abaisser le siège passager, s'emberlificote dans la ceinture de sécurité, pas du tout un modèle convenant à l'urgence de la situation. Mais quand on commence à écrire une histoire, on ne sait pas forcément ce qui va se passer plus tard, on pense plutôt qu'au moment du *happy end* on ferait coller par Maria Molina l'autocollant « bébé à bord » sur la vitre arrière de cette même voiture.

Brown pointe alors son arme sur le front de Michael Bronski, ça fait tout de même longtemps, depuis l'Afrique déjà, qu'il a envie d'envoyer ce fils de pute en enfer, mais Stella l'écarte physiquement de cette idée, et tire dans la roue de la Camaro.

« On y va, Jimmy ! Aucune vengeance, aucune rancœur. »

Elle court en direction de la Charade, Brown flotte et hésite à aller au bout de son geste, puis laisse tomber et suit les jambes galbées de cette fille surprenante se faufilant sur la banquette arrière. La Daihatsu avance déjà, Brown est sur le point de sauter à l'intérieur.

« Bam ! »

Ce qui achève de le propulser dans l'habitacle est une balle se nichant au bas de son dos. La portière de la voiture se referme sur Brown en heurtant un des piliers du parking.

Billie, en cow-boy, a dégainé et touché, il tient encore l'arme dans sa main alors que la Charade disparaît de son champ de vision.

« Voilà ce que c'est que d'être trop chrétien, Stella », dit Brown en riant.

Mais c'est un rire de douleur et de désespoir.

65

Cette fuite, c'est « Rocambole chez les Indiens », sauf que Washoes, Païutes et Shoshones ne sont plus que l'ombre de ce qu'ils furent aux temps glorieux où cette terre ne portait pas de nom.

À la sortie du parking, Molina prit à droite avec, dans le rétroviseur, la vision en CinémaScope de ce qui pouvait ressembler à une émeute. Stella se retourna et, depuis la lunette arrière, aperçut les camions de police surmontés de leurs canons à eau disperser la foule. Après, il n'y eut plus que les immeubles et les rues ridicules bariolées de réclames défilant derrière la vitre.

Luis ne savait pas trop où aller, « Je ne trouve rien indiquant ce putain d'hôpital !

— Eh, Molina ! le calma Brown. Je veux pas d'hôpital, d'accord ? » Brown lui demanda d'aller droit devant. Il suffisait de se laisser conduire pour atteindre le désert, le désert était partout autour d'eux, comme le vide.

Le sang gouttait sur le plancher, le siège en tissu ne parvenait plus à éponger l'afflux d'hémoglobine.

« C'est moche, je suis désolé, fit encore Brown. Je crois que je me suis aussi pissé dessus. Je ne sens plus mes jambes, putain. » Molina tremblait, il ne sut quoi dire, mais c'était inutile, car Brown demanda à Stella de lui allumer une cigarette.

Les joues de Stella étaient striées de larmes. Elle avait compris, bien sûr. Le filtre de la cigarette qu'elle lui passa était humide de salive et Brown pensa que c'était comme un dernier baiser.

Ils finirent par sortir de la ville, prenant une de ces routes qui ne mènent nulle part, là où on finit tous par arriver. Le désert n'était plus ce foisonnement de couleurs, les fleurs éphémères avaient déjà fané. Les miracles ou le bonheur, quand ils se produisent, ne sont l'affaire que de courts instants. Du temps en suspension sur l'abîme.

Molina trouva un chemin plus ou moins carrossable aboutissant à un cirque de roches à l'écart de la route. Non pas qu'il y ait grand monde passant par-là, mais il y avait une pudeur à préserver des éventuels regards.

Luis coupa le moteur. Aidé par Stella, ils sortirent Brown de la voiture et le traînèrent lourdement à l'ombre d'un rocher, la trace de sang abandonnée sur le sol par le corps faisait comme un doigt mouillé épousant le profil d'un visage.

« Je veux du soleil », exigea Brown.

Alors, ils installèrent son corps à plat face à la lumière, la tête posée sur un gros caillou pour qu'il puisse voir une dernière fois la terre et le ciel réunis.

« C'est quand même con d'avoir été sainte et de ne pas pouvoir accomplir de miracles, dit Stella.

— Sur ce coup-là, vous n'auriez rien pu faire de toute façon... »

Stella sourit, lui alluma une dernière cigarette qu'elle lui mit elle-même entre les lèvres, car la force quittait cet homme autrefois solide et volontaire.

Le téléphone vibra dans la poche de Molina. Il répondit et dit « Maria... »

On entendait le bourdonnement des mots sortant de l'appareil, mais rien d'intelligible.

Luis ôta alors le téléphone de son oreille et annonça : « C'est un garçon. »

Alors, le père Brown put enfin mourir.

66

On ne retrouverait son corps qu'une semaine plus tard, mais William Bronski savait qu'il avait fait mouche en tirant à la base de la colonne vertébrale. Ni lui, ni son frère ne s'inquiétèrent de recevoir les compliments de Brenda Moore, ainsi que leur chèque en poste restante, dix jours après l'exécution.

Maintenant, ils roulaient en direction de Los Angeles, et puis de là, ils pousseraient jusqu'à San Diego, de petites vacances à s'emmerder avant de reprendre les affaires. Le pare-brise et le pneu avaient été réparés, Billie conduisait avec un bras hors de la vitre de la Camaro, comme un frimeur.

Ils ne comprirent pas tout de suite ce qu'était ce nuage de poussière avançant vers eux. La route était déserte, le ciel bleu comme jamais, et pourtant cette masse opaque grandissait comme un souffle, approchant, menaçante. D'ailleurs, Mike posa la question : « C'est quoi ce truc ? »

Pour savoir, il faut voir. Et pour pénétrer le cœur des choses, il n'y a pas d'autre solution que d'entrer dans l'œil du cyclone.

Une fois à l'intérieur du nuage de poussière, ils croisèrent une centaine de motards roulant en sens inverse sur les bas-côtés de la route rocailleuse. C'est seulement lorsqu'ils sortirent du nuage, la voiture rouge de terre et les essuie-glaces nettoyant le pare-brise, qu'ils comprirent.

Et comme souvent, dans la vie, on comprend trop tard.

Comanche, debout sur les cale-pieds de sa moto immobilisée au milieu de la route, arma deux fois sa Winchester.

Deux balles franchirent le verre, la peau et l'os.

Dans ces conditions, la vie, quelle qu'elle soit, s'efface.

Et on tuera tous les affreux.

67

Luis Molina accueillit son fils dans ses bras, et il devint père. Le bébé endormi au creux de son coude, les minuscules orteils dépassant du lange en coton vert de la maternité, il songea à ce vers du poème de Rudyard Kipling, et il comprit qu'il était faux, que seul l'inverse serait désormais valable : *Tu seras un homme, mon père.*

Il déposa délicatement Luis junior dans son berceau et promit à Maria de revenir dans les 24 heures. Il devait terminer son travail, même si celui-ci n'avait plus rien à voir avec son métier puisque l'ordre des journalistes lui avait retiré sa carte de presse, l'accusant d'avoir monté cette histoire de toutes pièces afin d'obtenir un Pulitzer. Il avait de quoi tenir quelques mois grâce aux dollars trouvés dans l'enveloppe laissée par Brown à son intention au *Days Inn* d'Arcadia.

Il y était arrivé seul, après avoir laissé Stella *au milieu du voyage de notre vie*, comme l'avait écrit Dante au seuil de l'enfer. « Je veux que tu m'abandonnes comme une chienne au bord de la route », lui avait-elle ordonné.

Et Luis avait obéi, et Luis était arrivé à ce motel sur les rotules, animé par la seule force de revoir sa femme et de voir son fils. Le réceptionniste lui avait remis cette enveloppe contenant trois mille dollars.

Et les dernières volontés d'un homme mort.

Mais l'argent, on s'en fout, on sait bien que c'est important, mais on s'en fout, c'est notre privilège ici de l'écrire, et même de le brûler, cet argent ou de le snober.

Non, c'est le colis qui nous intéresse. Une lettre de Brown expliquait à Luis la marche à suivre, comment tout ça fonctionnait, les fils qu'il faudrait connecter. La lettre incluait aussi la possibilité de refuser, s'il refusait, il abandonnerait le paquet au bord de la route, comme il l'avait fait pour Stella.

Mais Luis avait lu, ouvert le paquet avec précaution, et souri.

Après, il avait pris une douche et décapsulé une canette de Schlitz, les jambes allongées sur son lit, regardant le dernier quart d'heure d'un film en noir et blanc à la télé où un homme chantait sous la pluie.

68

La Cadillac blanche était immobilisée dans l'habituel trafic de Pennsylvania Avenue, Washington D.C.

Jeremy Carter se félicitait de la bonne fin de cette histoire, complimentant Brenda Moore :

« Cette injection de baie de gattilier mélangée à un narcotique a été un coup de génie, bravo !

— Ce n'est pas moi qu'il faut féliciter, mais Gordini. C'est son idée. Il a dû potasser ses vieux grimoires...

— "Le poivre des Moines", ah le coquin ! Mais, entre nous, c'est pas ce vieux cochon qui prendrait ce genre de produit anaphrodisiaque, je peux vous l'assurer !

— L'effet est temporaire, elle recommencera.

— On s'en fout. Qui pourra la croire, désormais ? Cette salope se tiendra à carreau, c'est moi qui vous le dis. Nous avons gagné, Brenda, c'est aussi simple que ça. »

Carter était un fleuve en crue, frôlait le monologue hystérique. Il continua en disant que Simon II l'avait personnellement remercié au nom du Collège des cardinaux. Le dogme était sauf et on saurait encore pendant longtemps qu'on ne plaisante pas avec le Dieu des chrétiens. Et le prochain pape, ce serait lui, nom de Dieu ! Carter posa nonchalamment sa main légèrement moite sur la cuisse de Brenda qui, allez savoir pourquoi, ne broncha pas, sans doute fatiguée de le remettre sans cesse à sa place. Mais peut-être était-ce aussi sa façon à elle de lui donner un dernier petit plaisir fugace, laissant carrément les doigts de Son Éminence remonter jusqu'à la lisière de la jarretière, le bout des doigts sur la peau douce, à ça de l'origine du monde.

Carter ferma les yeux et Brenda reconnut Luis Molina quand il frappa avec son index replié à la vitre de la limousine.

« Qu'est-ce que c'est ? » demanda Carter un peu désorienté.

Brenda se contenta de baisser la vitre électrique du côté de son hôte. Carter ne se remémorait pas tout à fait le visage de ce garçon, et accepta sans comprendre le paquet qu'il lui remettait : « C'est pour vous », dit Luis et il disparut en se mêlant au flux des piétons.

Brenda regarda le Cardinal, ouvrit la portière :

« Adieu Carter. Et bonne chance dans la vie. »

Elle tapota sur la vitre de séparation et le chauffeur quitta aussitôt le volant.

Carter le vit s'éloigner sans comprendre, il balbutia quelques mots en tenant son paquet sur ses genoux comme un gosse à Noël. C'est peut-être la seule fois où je l'ai trouvé attendrissant.

À l'angle de la rue, Molina sortit un téléphone portable et appela le numéro enregistré.

La détonation n'était pas de celles faisant exploser la moitié d'un pâté de maisons, mais la quantité exacte pour tuer le passager assis à l'arrière d'une voiture. Brown avait aussi appris ça chez les *Seals* : doser les explosifs afin de réduire au maximum les victimes collatérales.

L'efficacité, c'est le silence.

Brenda Moore alluma une cigarette au coin de la rue. Son chauffeur la fit patienter, le temps de revenir avec une limousine de location. Molina lui avait envoyé un message un peu plus tôt : Brenda avait épargné Stella et Brown avait tenu à ce qu'elle s'en sorte. Elle était seule à l'angle de cette rue. Les passants avaient pris la fuite. Une sirène hurlait au loin.

À un bloc de là, Luis Molina jeta le téléphone dans une poubelle et commença sa nouvelle vie de jardinier et de père.

ÉPILOGUE

Elle attendait au bord de la route. Le fracas et le bruit du monde dans son dos.

Elle attendait qu'on l'emmène jusqu'à la route suivante.

Elle continuait sa vie qui est un long voyage.

Elle était Stella même plus Thibodeaux, seulement Stella. Et encore, parfois elle doutait de son reflet dans le miroir.

Ce qu'elle savait, c'est qu'elle était vivante, qu'elle se foutait d'être en Amérique. Ici ou ailleurs, elle était libre. Peut-être était-ce plus facile quand l'espace et le mythe guident vos pas, plus facile quand la jeunesse et l'insouciance se substituent au courage. C'est pour ça qu'il faut se dépêcher de vivre.

Un vieux pick-up Dodge passa devant elle, freina et s'arrêta dix mètres plus loin. Stella le rattrapa, les mains dans les poches et les pieds nus. Elle ne possédait rien d'autre qu'elle-même.

Le garçon, un rouquin avec des taches de rousseur sur le nez, portait une salopette usée. Il dit qu'il s'appelait Larry, venait d'avoir 16 ans et son permis. Lorsqu'il redémarra, il lâcha le volant et dut s'aider de la main gauche pour passer la vitesse.

« Ma main est paralysée, dit-il gêné. Je suis né comme ça. »

Stella le regarda. Dans ses poches, à part quelques dollars, elle n'avait même plus son calepin.

« On va arranger ça, Larry. Il n'y a rien qu'on ne puisse arranger. »

ACHEVÉ D'IMPRIMER
EN JANVIER DEUX MILLE VINGT-QUATRE
SUR LES PRESSES MIRACULEUSES DE
L'IMPRIMERIE FLOCH À MAYENNE.